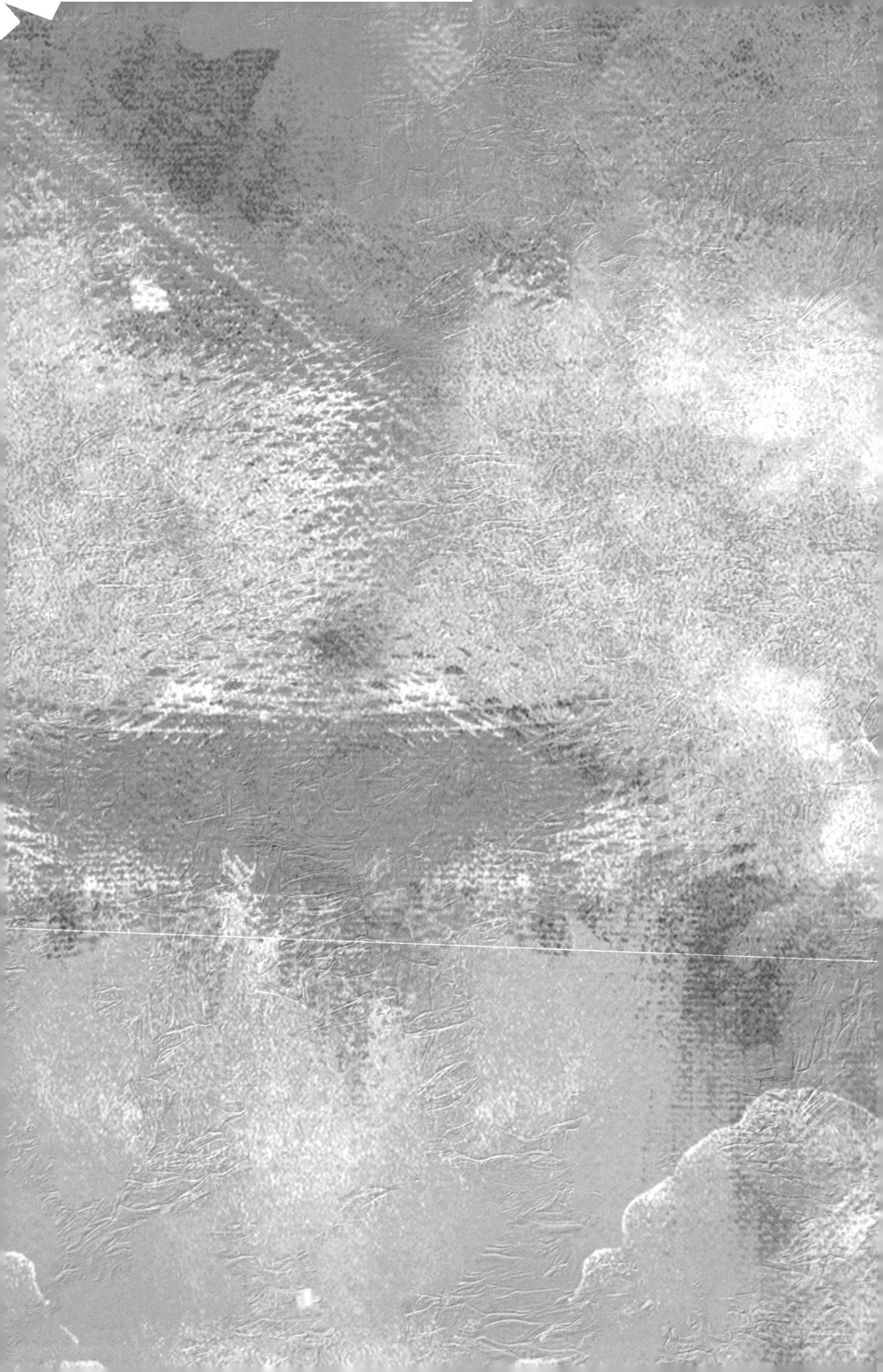

扎朵那草图

古马、阿信、娜夜、人邻、阳飏 诗选

燎原 文群 编

人民文学出版社

图书在版编目(CIP)数据

扎尕那草图:古马、阿信、娜夜、人邻、阳飏诗选/燎原,文群编.—北京:人民文学出版社,2019
ISBN 978-7-02-015288-9

Ⅰ.①扎… Ⅱ.①燎… Ⅲ.①诗集—中国—当代 Ⅳ.①I227

中国版本图书馆CIP数据核字(2019)第096573号

责任编辑 王 晓
装帧设计 刘 远
责任印制 任 祎

出版发行 人民文学出版社
社　　址 北京市朝内大街166号
邮政编码 100705
网　　址 http://www.rw-cn.com

印　　刷 天津千鹤文化传播有限公司
经　　销 全国新华书店等

字　　数 210千字
开　　本 880毫米×1230毫米 1/32
印　　张 15.875 插页2
印　　数 1—3000
版　　次 2019年10月北京第1版
印　　次 2019年10月第1次印刷

书　　号 978-7-02-015288-9
定　　价 48.00元

如有印装质量问题,请与本社图书销售中心调换。电话:010-65233595

目　次

从敦煌落日到扎尕那的月亮(代序)/ 燎原　　1

古马诗选　　1
阿信诗选　　115
娜夜诗选　　219
人邻诗选　　297
阳飏诗选　　385

附录:真实,温暖而苍凉——阳飏、人邻、娜夜、阿信、
　　古马的事与诗/ 于贵锋　　469

从敦煌落日到扎尕那的月亮(代序)

——地理人文景观中的甘肃五诗人简论

燎　原

在 1980 年代以来的中国诗歌地理版图上,甘肃是一个独特的现象。这期间,全国所有省区的诗歌,无不经历了潮起潮落,唯有甘肃势头不减,后浪追逐前潮。在它北抵新疆西域,往南居然插向四川剑阁的狭长地理版图上,几乎每一地区,都有知名诗人的影子闪烁。从早先的韩霞(葛根图娅)、张子选,到接下来的阳飏、人邻、古马、娜夜、阿信、桑子、高凯、叶舟、胡杨、沙戈、梁积林、第广龙、牛庆国、郭晓琦、于贵锋、李志勇、王若冰、周舟、包苞、谢荣胜、李满强、扎西才让、离离、苏黎、武强华、王琰,以及处于半明半暗状态的欣梓、草人儿……这一长串的名字,可谓蔚为大观。

地理历史文化是一个重要因素吗？这个在当今中国社会版图上略显安静的省份,在由边塞征战和丝绸之路贯通的汉唐时代,可谓灯火通明。只要我们从它的版图上抽出这样一些地理名称:嘉峪关、玉门关、瓜州、甘州、肃州、凉州、酒泉、敦煌、天水、祁连山、麦积山、崆峒山……,你就可以轻易联想到"明月出天山(祁连山),苍茫云海间"的奇幻,"羌笛何须怨杨柳,春风不度玉门关"的苍凉,"葡萄美酒夜光杯,欲饮琵琶马上催"的沙场慷慨。而这其中的敦煌,作为丝绸之路上中华内陆连结欧亚大陆的重镇,它在若干个世纪中,不但吸引着牵高峰骆驼的胡汉商贾云集、骑高头大马的校尉戍卒穿梭,更川流不息着佛陀僧侣、木工画匠、歌伎乐师、文人墨客、县令衙役、江湖浪子,以及快乐的二流子们。"杨柳叶儿青啊!"这边一声快活的《凉州曲》刚醉入云泥,来自酒泉郡的另一位却当位不让:"天若不爱酒,何以有酒泉?"

甘肃的地理历史文化大致上以省会兰州为界,分为南北两段。以上是其北半段,它以敦煌为核心,包括了整个河西走廊,由游牧文化、边塞文化、胡汉杂交文化所混成。

其南半段,则以天水为核心,呈现为农耕文化。而这个我们现今稍感陌生的天水,则是中华文明的发源地之一。它有距今8000多年、早于西安半坡的大地湾文化遗址,麦积山佛教石窟;它是伏羲故里及其始创八卦之地,更是建立了大秦帝国的秦人的发祥之地。它还与唐代的两位大诗人相关,是"其先陇西成纪人"李白的祖籍;而为避安史之乱流离于天水的杜甫,则在此地留下了"文章憎命达,魑魅喜人过"的《天末怀李白》,以及《秦州杂诗》等近百首诗作。

甘肃版图的西南端,则是插入青海和四川藏族聚居区的甘南藏族自治州。在甘肃的地理文化类型中,构成了一个藏地草原文化板块。

除了多元复合型的深厚文化基因,我们从以上描述中,会轻易地感受到一条诗歌脉络的反复叠加和贯通。假若这是一部甘肃地理沙盘,只要摁下电源开关,你会看到,这条诗歌脉络的电子线管,会瞬间红遍它主干道的末梢。

但这并不足以完全解释甘肃当代诗歌繁盛的成因,因为每一地域都有它独特的历史文化。因此,另外一个因素,亦即那种具有辐射力的旗帜性诗人的存在,就显得同样重要。

上边已经谈到,甘肃的历史文化重镇在其南北两翼,但它的当代诗歌核心,则在居中的省会兰州。而在上一代的甘肃诗人中,大致上可以追溯出这样两位旗帜性的人物,其一是早年的九叶派诗人唐祈。这是一个略显孤独的身影,但作为西北民族大学教授,他却在下一代诗人中,产生了深刻而持久的影响。1980年代中期率先登上全国诗坛的韩霞、张子选,以及之后的叶舟、阿信、桑子等大学生诗人,均深受其影响。从历史的角度看,站在1980年代初这一时代临界点上的青年诗人们,大都存在着这样两个问题:其一是从当时的通俗诗歌社会学,朝向现代性写作的深刻转型;其二,则是在如何认识对待本土资源的基础上深化自己。而唐祈为大家解决的,大致上是第一个问题。稍后的另一位人物,则是时任《飞天》诗歌编辑的李老乡。这位当时势头正盛的上一代诗人,其诗歌自身,似乎对谁都没产生过影响,但他却以不凡的鉴赏力、丰富的经验和视野、诲人不倦的性格亲和力,成为另一批青年诗人中导师式的人物。与之过从密切的,则有阳飚、人邻、娜夜、古马,包括上述和此外的一大批诗人。李老乡帮子弟兵们解决的,基本上是第二个问题:如何在认识自己和认识本土资源、阅读资源的结合点上,去延伸你自己。

还有人记得当年兰州的韩霞吗?这位蒙古族女诗人在1986年即参加了青春诗会,并把自己的名字换回成了葛根图娅。再数年之后据说去了巴基斯坦。与之相似的,还有当年身居肃北的张子选。他在青春期即已成就了诗名,然后离开甘肃。

大致上到了1990年代之后,另一批诗人相继崛起,最初是阳飚,继而是人邻、娜夜、古马及其他的少壮派们;而在甘南与桑子同时成名的阿信,则在此后逐渐与之汇流,由此激荡起了甘肃诗歌的中兴时代。这是经过较长的盘整期,中气饱满、底气十足,一旦崛起就再也不曾歇气的几位诗人,由彼到此的近三十年间,一直强盛地横亘于现场,并成为中国诗坛上甘肃诗歌的代表。当然,这还是在诗歌之路上,各自找到了自己写作法门的几位诗人。从整体面目看,他们无不带着血脉式的甘肃标记,但彼此之间却各不相同。他们为当代诗坛注入了鲜明的甘肃元素,更在本土诗人中形成了一种大气候。这些当年执弟子礼的诗人们,在迎来了自己历史区段的同时,也向其后的诗人们,昭示了一条诗歌的甘肃之路,甘肃诗歌1990年代以来的繁盛正是由此开始。

从以上的背景看过来,选编这部甘肃诗歌五人集的意义便不言而喻。事实上,这也是五位诗人的同气相求。而我之被邀请担任主编,除了一份潜含的情义外,大约还缘自我曾经的青海经历,以及对他们创作情况的相对熟悉。的确,作为当今甘肃诗歌轴线上承上启下的一代诗人,他们的诗歌历程和鲜明特征,无论放在甘肃诗坛,还是西部诗坛、全国诗坛,都具有可资研究、可资比对的范型意义。接下来,我就以逐个评点的方式,对他们写作中的基本景观,展开一个轮廓性的描述。

阳飏。1953年出生的阳飏写作跨度最长,因而知名作品众多。诸如:《青海湖长短三句话》《兰州:轶史一则》《与我生命相关的三座城市》《扎尕那》等等,且题材涉及广泛。十多年前,我曾以"古代丝绸之路上的民间书记员",描述过阳飏的形象,他也是当年甘肃以至整个西部的青年诗人中,最早以诗歌面对地域人文资源,并形成了示范效应的诗人。丝绸之路上印度僧人鸠摩罗什、驮经卷的骡子和骆驼、"高鼻深眼卷发"的古罗马军团后裔……其诗歌中由此形成的纵深历史景观,曾给人留下了深刻印象。

许是地理版图过于狭窄,也是从阳飐开始,甘肃的诗人们形成了这样一个习惯:根本不把自己当外人看的,时常出入于相邻省区的腹地,往西的青海、西藏,往东的内蒙古和宁夏,似乎都是他们领地的外延。在这一广阔的地理空间,阳飐以历史时态和当下时态的双重扫描,不但显示着为整个西部大地书写地理人文博物志的用心,并且更为外省的诸多地域,写出了标记性的诗篇。在题材处理上,阳飐辽阔、从容而精警,在以自己标志性的,那种手风琴般拉开的铺排长行中舒展风物烟云时,又经常猛地往内一挤,以绝句式的短章,聚风云于一瞬。

而在此之外,又存在着一个文物、文史视野中的阳飐,中外绘画艺术史视野中的阳飐,酸涩在过往时代风雨和温馨在旧事物中的阳飐。这大致上是人生下半场的阳飐。其写作的基本态势,转向"山河多黄金"式的内敛与明净。

古马。1966年出生的古马,与阳飐相差十三岁,他既是五位诗人中年龄最小的一位,也是在自己的写作史上,成名期最早的一位。尤其是近十多年间,他迅速地后来居上,进入自己写作的中场位置和鼎盛期,并逐渐成为甘肃更年轻一代中的核心人物。

《寄自丝绸之路某个古代驿站的八封私信》《光和影的剪辑:大地湾遗址》《青海谣》《西凉短歌》《扎尕那草图》《反弹琵琶:敦煌幻境》等等,这一系列的作品,都在当代诗坛留下了它们的标记。

从题材的覆盖面积上看,古马与阳飐的地理区域基本上重合,这也是诸位甘肃诗人曾不时结伴远游的必然结果。但不同的是,作为这五位中唯一出生在丝绸之路上古凉州的子弟,他又是在写作风格上走得最远,最得地域文化精髓的一位。这几乎不可思议:面对敦煌文化钟鼓排箫和胡笳琵琶的盛大余响,他却唯独钟情于河西走廊那缥缈摄魂的野谣俚曲,并在当代诗坛上,转化出唯他独有的诗歌语言系统。不知这是古凉州地气与遗韵的附体,还是千年之前,他就是出入于敦煌郡那个浪子式的诗人?但能够冲破当代诗歌强大的语言同化壁垒,无疑源自其自身更为强大的综合艺术能力。要将这种散落在传统荒野上的民间野生资源,整合为一种具有现代承载力的语言系统,既需要缘分,更需要广阔文化眼界中的判断力和写作中不断增强的腕力。诚如洛尔迦以其小小的歌谣体诗歌,给了西班牙一个意外,古马也以此给了当代诗坛一个意外。他以这种谣曲体的方式,将当代事象带入悠远的,轻灵、纯粹的时空幻境中,也回应了当代读者基因性的文化记忆和想象。

人邻。通常与阳飏名字连在一起的人邻,其诗歌却很少外在的甘肃地域色彩。祖籍河南洛阳的他,极像古代从中原前往敦煌习经的一位书生,在行至兰州的某个寺院歇脚时,突然觉得此地甚好,遂在附近住了下来。读书、写字、种菜、冥想,再不时与周边的三五知音对谈或外出交游。《山中饮茶》《薄纸上的字迹》《牧谿的〈六个柿子〉》《笔架山农家院,大雪中的清晨》《双手合十的豆荚》《黄昏伏案中,想起病中的亲人》《法雨寺的傍晚》《古琴》,这一系列的诗作,仅其标题,就足以吻合他的这一形象。

人邻是一位从写作中得道之人,他醉心于心灵中的禅意状态,却绝不故弄玄虚。他以诗歌接纳通俗的、甚至是毫无诗意的广大日常事象,却像从漫天的乌云中提取一缕月光,将喧沸大千世界的变化奥秘定格于一瞬间的本相呈现,继而推置出恬淡、古雅、超然的意味。清水洗白银式的洗练是他的语言标志,而在三五行的短章中明心见性的笔力,也是诸位甘肃诗人共享的绝技。

娜夜。在具有相应鉴赏段位的诗界人士中,娜夜是极被看重的那种诗人。《起风了》《飞雪下的教堂》《在这苍茫的人世上》《孤独的丝绸》《望天》《个人简历》《西夏王陵》《标准》《睡前书》《人民广场》等一系列诗作,相信给许多人都留下了深刻印象。

在作品的简约程度上,娜夜比人邻走得还远,甚至在当代诗坛上也仅此一人。其诗歌的题旨,从对于人世温暖时光的珍重,女性情感隐秘的微妙呈示,再到由准宗教博爱情怀唤起的,之于现世生存中阴霾与压力的抗衡,由此在其曾经的新闻从业者视角中,延伸出一条罕见的,女性诗歌的社会政治学支线。诚如《起风了》一诗的显示,她诗歌的天空上笼罩着一种盛大的苍茫感,这既是甘肃大地上那种秋风式的苍茫,也是一位诗人眼中的世事和一个时代的苍茫,乃至荒凉,但她的诗作,却如同从乌云中抽出的闪电,长歌中断出的截句,往往以其典型性的短章乃至三行诗体,道破内中真相。比如《个人简历》一诗中这样的表达:"使我最终虚度一生的/不会是别的/是我所受的教育　和再教育"。

尤其值得注意的是,在娜夜的诗歌中,语气上升为一个关键元素。面对苍茫世事的温暖部分,她的语气是一种仿佛被光击中,噙泪无声、欲语还休的形态;而在那种抗衡性的题旨上,她的语气亦绝不剑拔弩张,而是将刻骨的凛冽感,抽离为冷漠、淡然,以至不屑的骄傲。

阿信。五位诗人中,只有阿信与古马是甘肃本土籍贯。但这位出身于花儿之乡临洮的子弟,其诗名却与甘南草原连在一起。从某种意义上说,这一甘肃版图上略显偏僻的草原,基本上是由于他的存在,而成了部分甘肃诗人的草原,成了诗歌的甘南草原。

在阿信的诗作中,游牧文化的背影已远远淡去,转换成当下时空中世外秘境般的所在。它有矢车菊"燃向荒天野地"般寂寞的美,更有他一个人独享的安详与难忍的孤独,以至常常"听着高原的雨水,默坐至天明"。但也就是在这种孤独中,这位草原小镇上的高校教师和诗人,才如同另一片乡野草原上的美国诗人弗洛斯特,有了雪夜小镇访友和对于远方诗友的期待与交流。而更多的时候,他则弗洛斯特式的,独自体认着大自然的美色及其与自己心灵的私语。旷野中菊花黄金的杯盏、藏羚羊白色的臀尾、寂静的山间寺院、藏族村寨小小的水磨、桑多河上失修的木桥、逆光中静静啮食时间的马……在现代化的举世喧嚣中,他以隐逸式的心灵定力,呈现出一个地久天长的草原。

当然,阿信同样有甘南之外的广大地域游弋和写作上的多副笔墨,在某些诗作中,他又仿佛昌耀般的,以翔实的史地资料考据和注解,展开其中的历史景深。而他在《火车记》这首仅四行的诗作中,关于一段灾难岁月呜咽般的书写,读来则有如雷霆击顶。

……相关的论述到此已经结束,但似乎还应有一个附加性的说明:这部诗集的标题《扎尕那草图》,来自古马的同名诗作。而处在甘南草原深处的扎尕那山地草场,则犹如神灵驻守的世外秘境。近若干年来,这其中的各位诗人,都曾随阿信涉足流连于此,或留下了专题性的诗篇,或将相关信息注入其他诗作中,因此,这也是他们共同的扎尕那。另一层原因,我在想说与不想说之间还是决定说出来：我自己的书房中，居然鬼使神差般的，就挂着一位画家朋友赠送的扎朵那写生油画。这让我行文至此时，突然感到一种不可思议的惊奇。

2017.11.18·威海

古马诗选

古马,1966年出生,甘肃武威人。毕业于南开大学经济管理系。1986年开始写诗。主要作品有《西风古马》《古马的诗》《红灯照墨》《落日谣》《大河源》等。现居兰州。

目次

寄自丝绸之路某个古代驿站的八封
私信／5

青海的草／8

南风:献给田野的鲜花／9

昼·夜／12

罗布林卡的落叶／13

西宁组歌／14

倒淌河小镇／17

鹞子／18

忘记／19

破冰／20

黄昏谣／21

西凉月光小曲／22

西凉短歌／23

生羊皮之歌／28

失眠／30

轻歌／31

幻象／32

告别／34

雨／35

一位老人的话／37

荒唐的故事／38

雪夜／40

夜宿南昌／42

古城谣／44

青海谣／46

寺／52

天堂寺／54

赤壁／56

劈柴垛／58

旁白／60

寒禽戏／61

倾诉／62

扎尕那草图／63

来世／68

最后的景象／70

山隅／72

风雨忆／74

冬旅／76

故宫鸦影／77

墓前／80

江南小景／81

今日／82

扫雪／83

大理的一个下午／84

朔方的一个早晨／85

格尔木,格尔木／86

外白渡桥／88

静安寺／90

小桥／91

空谷之听／92

又过马牙雪山／93

反弹琵琶:敦煌幻境／94

悬泉置／98

凉州词／100

道外区／102

秋天颂／104

苦音／105

春夜／107

夜雨／108

阿门／109

七月之殇／111

寄自丝绸之路某个古代驿站的八封私信

一

我用一支鹰翎给远方写信
草已枯　雪已尽
戴着鹰的王冠
春天已经骑马上路

而你,能够一眼认出
大路上的春天
是你小路上的爱人吗

二

扯开你丝绸的衬衫
曾为我包扎灵魂的伤口
驿站的小女儿
我裹着野花远行
我的身躯？你的身躯？
水和岩石,叫做火焰

三

叫声最亮的蟋蟀
秋天的玉
镶在我的帽子上

四

蜂巢
这春天的鞍囊里装着
虎皮书、剑以及一点点贿赂死亡的甜食
策马仗剑
死亡啊,请让我从你眼皮下经过

我要完成他人的嘱托
把蛰痛的情书送抵你下面一站

五

翻检旧信
我寻找一个省略号

我是不开花的肉体
得到花的浇灌

六

月光
像一条禁律或是

一枝印度郁金香

躺在私人日记上

风,不许乱翻

七

太阳下的蚂蚁

是黑暗的碎屑

它们聚集着

仿佛有一双看不见的手

正在努力修复一封

被扯碎的家信

八

路上坑多　天上星多

夜晚飞翔的鹰的灵魂

在寻找新的寓所,并且

通过风的手

把黑暗的花

安插进我疼痛的

骨头缝里

今夜呵,我是生和死的旅馆

像世界一样,辽阔无垠

(1997.5)

青 海 的 草

二月呵,马蹄轻些再轻些
别让积雪下的白骨误作千里之外的捣衣声

和岩石蹲在一起
三月的风也学会沉默

而四月的马背上
一朵爱唱歌的云散开青草的发辫

青青的阳光漂洗着灵魂的旧衣裳
蝴蝶干净又新鲜

蝴蝶蝴蝶
青海柔嫩的草尖上晾着地狱晒着天堂

(1998.4.2)

南风:献给田野的鲜花

一

南风呵
我喊着梦中的名字
隔山隔水拍一下她肩膀
她转过的脸仿佛受惊的火苗
蓦地向上一跳:她不认识我

那怀疑的火瞬间完成她的冰雕
我被留在世界的边缘
欲热又冷

二

南风吹,乔木落
一朵落在她名下的花
落日后面
黑夜落在白昼的身躯上
欢乐的黑夜因为取消了肉体的重量
而变得亲切、不负责任

三

大地上的花朵
循着南风的脚印
却走进西风的家

我长期在自己的心灵外面过夜

四

南风烘烤着岩石
北方的灵魂快变成了松软的面包
当我们恋爱
我们是在用行动拯救这贫穷的世界

五

苦闷呵
炎热呵

南风沾染着艾香的手
哗地拉开闪电的拉链
新的生活被打开了
雷声　是我献给田野的最具活力的
鲜花

六

南风是健康活泼的农妇

她正跪着身子扫炕

没有一丝皱褶的天空噢
一对白云的枕头散发出皂角的芬芳
不一样的蓝相伴着睡觉
只有我依旧低头赶路

七

南风打开我身体的大门
谁穿过了我的黑暗　谁却永远没有
来临

一颗悬挂在我头顶的蓝色小星
可是绣在她手绢一角的古老的花
如果她肯为死亡擦掉眼泪
她必定首先掸落我心灵的蒙尘

（1998.7.4—6）

昼·夜

昼和夜的藏袍
空出一只袖筒
空出天空、大地
给飞鸟、山脉、河流
以及一尊小小的泥佛空出
沉思默想的位置

(1998.10)

罗布林卡的落叶

罗布林卡只有一个僧人:秋风
罗布林卡只我一个俗人:秋风

用落叶交谈
一只觅食的灰鼠
像突然的楔子打进谈话之间
寂静,没有空隙

(1998.10)

西宁组歌

东

星星的眼
老天爷漏风漏光
漏一粒人影在路上

过了黄河到兰州
摸黑叩打门环——

应声的灯光
拂去我肩头的寒霜

西

海螺里养着西海
昆仑深藏着玉

赶着一群羯羊
我到底往哪儿去

西宁以西

不见一棵大树

我是我的亲戚
厚道的黄土

南

鹰飞草短
你看又窄又小的花衣裳
你看雪的肚脐眼

——西宁以南
好汉们钻出了牛角尖

北

落日埋掉羊胎盘
她要喝口清米汤
七死八活的羊羔
九死一生的娘
西宁以北
山冈挨着山冈

中
——二百年前

提颗人头出城
背袋青稞上山

山头一个冰月亮
半截子树桩立身边

不是冷得发抖呢
是我后悔——

西宁城里没个火星
仇人的姑娘
她睡梦里的红玛瑙
我忘了带上

(2000.8.1—2)

倒淌河小镇

青稞换盐
银子换雪

走马换砖茶
刀子换手

血换亲
兄弟换命

石头换经
风换吼

鹰换马镫
身子换轻

大地返青
羊换的草呀

(2000.8.5)

鹞　子

七月在野
葵花黄

鹞子翻身
天空空

雀斑上脸
井水清

抱着石头
青苔亲

铁丝箍桶
腰扭伤

鹞子眼尖
花淌汗

鹞子冲天
天下嘛,白日梦里一个小小的村庄

(2000.12.31)

忘　记

谁来为我们计算我们决定忘记得付出的代价？
　　　　　　　　——塞菲里斯:《大海向西》

有一粒盐,不再去想和一条鱼结伴游走的海洋
有一滴露水、一声鸟鸣、一缕阳光
真的可以淡忘与一个人或者一个世界相关的一切了
是的,一颗星正在教我忘记
教我如何独自摆脱全部的黑暗

但所有"一"让我忘记的并不都等于零
瞧,我描画的一棵洋葱
它能够说出你栽种在地球以外的水仙的品性

（2002.3.30）
（4.5 删改）

破　冰

眉毛挂霜的清晨
一把斧头凭借我体内的热血
大声呼喊那在河流中沉睡的人

醒醒,和积雪的山林
新鲜甜美的太阳
和一匹马垂首啃食的田野一道醒来吧

斧头下迸飞的冰渣
剁冰取火
我只要一尾鱼儿
从我剁开的冰窟窿里
高高蹦起

——当一尾黄河鲤鱼
替那沉睡的人出门探望
我,就是新生活的第一个客人

(2002.4.7)

黄 昏 谣

小布谷,小布谷
水银泻进了麦地

和村庄隔河相望的坟墓
炊烟温暖而河水忧伤
离过去很近离我不远
黄昏,黄昏是
被白天砍掉了旁枝的
白杨
头戴一颗明星
站在乡间的土路上

水银泻进了麦地
小布谷,小布谷
收起你的声音
　　　　最后的红布

请死去的人用磷点灯
让活着的
用血熬油

(2002.6.23)

西凉月光小曲

月光如我
到你床沿

月光怀玉
碰见你手腕

月光拾起木梳
半截在你手里

另外半截
插在风前

一把锈蚀的刀
插在焉支以南

大雪铺路
向西有牛羊的尸骨

借光回家
取蜜在你舌尖

(2003.3.23)

西凉短歌

1

牛羊归栏不数头
暮雪随后

瞎子埋玉山沟
翠袖提灯上楼

灯花三结,河西小憩
铁马入梦,天下大愁

2

蓝马鸡溜过冰雪地
榆树瘦倒的影子
观音土扶起

3

黄羊血,葡萄酒
红柳吐火

为邪所侵
水碗立箸以测鬼
桃柳为符
遂钉恶鬼于乱石间

4

大清早
男人上房扫雪
女人入厨烫猪头
除夕将至

午时刚过
灶王爷不请自来
捉襟见肘
见自家白菜冻成冰

冰糖和烧酒
多多益善

5

大年初一
牛头系红马首挂绿
出行垅上

为春神设座
搁白色石头于田埂之上

祈求六畜兴旺五谷丰登
牛马的蹄窝里
撒胡麻黄豆及五色小麦

6

柳条儿青青
野艾长成

柳条儿摇摇
狸猫在叫

柳条儿飐飐
纳鞋穿帮

柳条儿软软
思念绵绵

柳条儿柔柔
爱是难受

柳条儿褪骨
野人吹笛

柳条儿带露
泪水如玉

柳条儿似鞭
秋风呜咽

柳条儿如铁
情不该绝

7

三星高照
照见兔子的嘴巴

一个腭裂的人
兴许出家
兴许回家

苜蓿开花
瞧,处处像她

8

茴香焙盐,祛除腹胀
萝卜蘸糖,美好姻缘

9

鸱枭如刀
风如割
割一缕韭菜惹出祸

韭叶宽的路咋走哩
韭叶细的腰没揽过

我的幸福
只比这韭菜中的水分多出一点
我的脸色却比春天的绿

10

胡麻吹筚篥
汉人坐胡床

一个瘦男子
他指着落日的手指
像失血的胡萝卜
渐渐变黑,风干

(2003.8.2—3)
(8.9改)

生羊皮之歌

白云自白
白如阏氏

老鸹自噪
噪裂山谷

雪水北去
大雁南渡

秋风过膝
黄草齐眉

离离匈奴
如歌如诉

拜月祭日
射狐猎兔

拔刃一尺
其心可诛

长城逶迤
大好苜蓿

青稞炒熟
生剥羊皮

披而为衣
睡则当铺

羊皮作书
汉人如字

（2003.8.30）

失　眠

没有人,没有人在厚重的墙壁上
用手指画一扇窗,很小很小的
一扇窗

一只发红的灯泡
在我脑袋中
像烫人的眼睛整夜盯着我

但我摸不到开关
那个离开我的人
甚至带走了我所渴望的一点儿黑暗

(2004.3.14)

轻　歌

　　　　　大雪啊
　　　　　给我睡衣兜里
　　　　　揣上一小块黑暗的红糖吧

　　　　　万一有人
　　　　　冒着风雪前来
　　　　　白雪草根下
　　　　　我不能什么也掏不出来

　　　　　　　　　　（2004.8.15）

幻　象

积雪覆盖的岩石间
明月,幻化成蓬松而清新的
天山雪莲

东一朵,西一朵
在清夜逡巡的雄性雪豹眼里
别有一朵,簌簌而动
像宽衣解带的女人

那热血窜动的豹子犹疑不前
一棵孤单的松树
在它身后

在它身后
投落雪地的树影
已然又斜又长,仿佛一条接人来去的小路

若是你来,你在何处
若是我去,我即通过豹的眼睛
看见你——

明月雪莲
赤裸着,走进我心里

(2005.1.3)

告 别

翅膀告别手风琴
我告别歌声

雪把香留在你腰里
雨把衣裳贴紧你的皮肤
雨中石榴又红又亮
可惜,我的心早已不在往昔

我把天空的沉默
带进了眼睛

(2005.2.13)

雨

绿蒙蒙的草原
被雨水洗净的
石头上
刻着经文
刻着你名字

雨下个不停
催眠的雨声
却使
那些石头渐渐长出
透明的翅膀

它们要飞往远方
抱着你名字
飞往
蓝色湖水下珊瑚的宫殿

这一切曾经与我有关
也被你用心接受
雨,在击石取火

雨是过去的证人

现在,云朵
依然低垂
开败的野花
就像完结的爱情

你不恨我
我也不再想你

闪电剔净骨头
我迟钝的心
归于
单纯的雨水

雨默默下
我默默流淌

草原
默默地绿着

(2005.7.10—11)

一位老人的话

春天里瓜果蔬菜啥也没有下来呵
夏天炎热,啥都会迅速腐烂掉
我也不想死在秋天
秋天的羊肉多么肥美呀
冬天,我心疼得放不下我的孩子们
天寒地冻的,披麻戴孝爬起跪倒可怜得很呐

(2005.9.18 中秋)

荒唐的故事

——在海边

你凝视着我
如同俯身凝视一个婴儿
你花海螺的耳坠里摇晃着疼爱的月光

牙牙学语
我应该和晨光一道
学会叫你：母亲

可你何故从我身边退走
提起海浪的裙子
退至群星咸腥、珊瑚沉默的地方

你胸脯起伏,起伏着大海的蓝
在那里,没有母亲的乳汁
只有情人放荡的乳房

当我扛着独木舟走向大海的时候
一枚沉睡的水雷
——你的发髻让我着迷

让我成熟得像个浑身涂抹着棕榈油的男人
血管中回荡不断爆炸的声浪

(2006.2.12)
(10.2 删削)

雪　夜

　　　　　　　雪地上
　　　　　　　我的影子
　　　　　　　是黑色平绒琴盒里
　　　　　　　无人抚弄的古琴

　　　　　　　北斗星宫外剔翎的白鹤呵
　　　　　　　请提起一只脚
　　　　　　　轻轻把我影子
　　　　　　　　　　提往你的胸腹

　　　　　　　冷到极点
　　　　　　　倒经不起一点儿温暖
　　　　　　　冰天之上
　　　　　　　我借你翩翩的翅膀
　　　　　　　扇凉
　　　　　　　谁想扇出漫天大火
　　　　　　　焚琴煮鹤

　　　　　　　梦中突然坐起的人

摸到了头上
声色的灰烬

(2006.3.4)

夜宿南昌

> 阁中帝子今何在
> 槛外长江空自流
>
> ——王勃

夜雨滕王阁
闪电
似王勃落水的惊魂
梦遗的少年
行走于唐朝的天空

雨打长江
滕王阁下
我也是个随波逐流的过客呵

波浪翻身
带我进入一个恐惧的梦里——

我的手不在我身上
在眼前的旋涡中
不在眼前,在更远处挣扎

我追逐它

我叫喊

但雨的光

塞满了我张开的嘴巴

我眼睁睁看着

那乱抓的手被冲到岸边

一只蟾蜍

迅速逃进一片茂密的芦苇

(2006.6.17—18)

古 城 谣

(古城,祁连山下一个宁静的乡村)

高高的白杨
深深的井
风中睡着我的母亲

麻雀忙碌
鸽子念经
白天的白杨下
睡着我的母亲

金星
摇晃在树梢
大地端出灯火

大地宁静
白杨翻飞的树叶
拿出哗哗的银子
　(多么无用的东西呵)

月光哗哗

高高的井中
藏着母亲的银顶针
深深的树下
埋着太阳的铜汤匙

(2006.9.24)

青 海 谣

> 那么就来饮取
> 古谣曲的静水
>
> ——洛尔迦:《小广场谣》

白云歌

乌鸦煨桑
桑烟下的草原
露水中的家

我的膝盖比白云远
露水啊
远了,凉了

远远的
乌鸦用黑布
包藏起火种

马灯谣

青草是羊的门
西海是马灯里的油

雪山提灯
风走在雪前头
我跟在我后头

我是你盼头
在深夜深处
你摔碎了我的马灯

湖水谣

你侧着脸
用双手摘下绿松石耳坠

我向前捧着的手里
盛不住的湖水
顿时翻腾

但我没有一滴
咸涩的泪水
我的眼睛是空的

哎,白鸟飞绝
我的眼睛在哪里

勒①

高高的草原上

云影铺开狼皮

你我面对面坐着
就像文成公主和松赞干布

鸟翅朝东。雪山向西
西天火烧云恍若布达拉宫

青海一碗酒
我用雄狮之血报答你的胭脂

背后羚羊飞奔
羚羊飞奔,一起奔向众妙之门

拉伊(一)②

月亮羊皮鼓
绿度母
你是菩萨的一滴眼泪

我是粗野的孩子
来自风雪
肩膀破损
嘴唇青紫

青海湖上
你含泪是度母

疼爱是姐姐

你脱下湖水
披我身上

你是蛮荒中的一滴泪水
洗净我,使我成为另外一滴

泪水
交融在一起
青海湖上
灰鹤提灯
天鹅击鼓

月亮羊皮鼓
鼓声传遍草原
使聋子的耳朵夜半开花

草原是篝火的家
湖心升起藏经的白塔

拉伊(二)

大雪封山
野兽耳朵中灌满了风声
它们在洞穴里抱头做梦
梦见青梗野花

——野花着火
野花在青梗上为我们着火

我们怀揣好梦
一个西一个东
就像野兽在山洞,鱼儿在湖底

大雪弥漫
坚冰封湖
鱼儿咽下冰水,咽下一寸寸道路
道路漫长,鱼儿咽下冰水慢慢生长

咿呀,大雪千里
咿呀,大雪来去

鱼儿跃出青海
野兽走出洞穴
野花着火,那时
青梗野花为它们新奇的眼睛着火
为我们着火

古歌

大雁飞过蓝色湖水
带走昆仑的玉

青海湖上

一粒红色青稞

埋下喇嘛的头

和一条忧伤的峡谷

那些不说话的裸鲤

黄昏的手指

在苍茫的水中

抓来抓去

风浪

哗啦哗啦

哗啦哗啦

湖水快要

冻成美玉

(2007.8.18—26)

----

① 勒:青海湖流域藏族民间酒曲。
② 拉伊:青海湖流域藏族民间情歌。

寺

一

颤动的露珠
落叶上
阿难与迦叶对谈

声音
夜空看不见的霜
性苦,味甘

甘苦对虫鸣不置可否
落叶上的虫眼
大于秋天或等于星星

二

灯火
端坐于
阴影的蒲团之上

僧庐中

一只悬丝的蜘蛛

我,从我头顶急速跑过

灯枯

月斜

五更钟,催着三更

三

午后阳光

一只蝴蝶

停在静止的钟杵上

蝶翅上的斑点

每一口深井中

都有一尊清凉佛

苍松影子

是寺里驼背的杂役

放下扫帚,自言自语

(2007.12.8)

天 堂 寺

那些爱上石头的
和爱上马兰的蝴蝶
梦的翅膀一样轻盈

可是你我
多么不同

我供奉一盏灯　在佛面前
需要缓慢的时间和一生的耐心
从黎明到黄昏
我点燃水的捻子

你吐气若兰
你说:闪电是空中银楼
所有怕黑的蝴蝶都住其中

你的话来自天上
仿佛幽谷中的灯火
这灯火

为何不由我燃起？为何我的嘴唇

变成悲欣交集的石头

（2008.10.4 深夜）

赤　壁

清风周郎衣袖
水月苏子额头

立于田间
一只白鹭
是我传神小照
背景：
一株春天的白玉兰
水的花瓣上
没有火的阴谋
也没有月光的字迹

空明
净了
我有三分钟自在

清风自在
水月自在

三分钟后

白鹭飞走

白鹭带我一起飞走

(2009.4.4)

劈 柴 垛

在若尔盖山地深处
随处可见的劈柴垛
敦厚、塌实、沉稳
它们是有记忆的
它们记着大红羽冠的野雉在林间啄食时
回眸对伙伴发出的深情的呼唤
松针上的露珠
是蓝色宫殿的原形
溪流是所有树木美丽树纹的回声
它们记着山果自落
鹰抖落在岩石上的羽毛
与一个山民的老死有关

山洪夺取黑夜的隘口
紫电劈碎崖岸上一烛巨树
山野的阵痛和躁动
却在它们身上无迹可求

时光漫长
那些不动声色的劈柴垛

深陷于静谧的记忆之中——

　　它们对于美是绝对虔诚的
　　它们的虔诚经过风雷斧钺的洗礼
　　最终，要受洗于乡间的烟火

（2009.10.25）

旁　白

什么时候我们才能相见啊

闪电对河流说：
我说出的全部的黑暗才是木兰的躯干
他要雕成独木舟——渡河而去

（2009.11.22）

寒禽戏

黎明,在黄河幽暗的水边
三五溯流,一二击水,或数不清的一群——
黑的白的黄的还有绿头的——这些毛色相同或相杂
 的水禽
以石头内部的微火——相呼着,并自由扩展着记忆
 的波纹
它们共同拥有北方的空虚、辽阔以及流水的静谧深
 远

泛泛到冰凌与青石低语之处寻找着小鱼小虾而忘记
 了浸泡得绯红的脚蹼
它们侧目而思也绝无可能顾及到一个起早贪黑的赶
 路者内心偶然的怜爱
它们拥有一两颗小星即将沉落时颤抖的寒光和超越
 尘世的生活
而我,除了无限惆怅,只拥有它们边缘的没有方向的
 风儿

(2010.2.28)

倾　诉

当我盯着你娓娓倾诉时
你或许不知道有另外一个人
躲在你眼睛深处　躲在生活的别处
耐心倾听着我炽热的情感

我爱你 我把酒喝成了水
但那个人即使躲藏在乌有的城市
也知道有一团冷静的旧火保守在我内心

所以你听到的是诗的语言
化作她心痛的是
星辰在我怀抱里熄灭的过程中沉默的消耗
在这不可容纳的二者之间
我是一场地震造成的可怕的裂缝

（2010.3.7）

扎尕那草图[①]

一

高高的晾杆上要晾晒青稞
我们去种青稞吧
高高的晾杆上要晾晒青草
我们去割青草吧

打下的青稞除了今年够吃
还能酿几大桶酒就好了
晒干的青草除了应付冬天
还能解除牛羊的春乏就够了

高高的晾杆上
晾晒着太阳的光线

二

那雪线
引来穿针
那云朵缝在藏袍的下摆

那人呢
那一阵吹绿山坡的风
那风呢

那雪线附近啃食的白马
来吃掉我内心的夜草吧

三

鹰在天边逡巡
死去很久的人
透过鹰眼
俯瞰

水磨转经的村庄

弯腰挤奶的人
弯腰劈柴的人
弯腰打酥油的人
火的腰带
都是献给大地的哈达

四

神以人为道路

那深深切入藏人五官的皱纹
就是神迹

就是霜

五

一只小猪走出村子
三只小猪嘴拱草地

黑黑的小猪
月亮的蕨麻果
埋在草根深处

就在深处
就在深处

小猪尾巴
已经变绿

六

黄金的戒指镶嵌着红玛瑙
卓玛,快把它扔进水中
你要沉沦
就带着落日为我沉沦

新月出峡谷
鸽子的翅膀
从你经历中浮现

七

灌木丛中隐藏着三角形的昆虫
刺棵挂住的白云
一定是心上人的手绢

八

下雨吧
一夜的雨
天明停住

黑色的 湿漉漉的圆木上
长出小白菇
你挨着我 我挨着你
我们坐在一起
像空气一样新鲜
不说话

九

"死亡是无的神殿"②
记忆是爱的居所

松树
渗出透明的松香
是因为
你早已来到我记忆当中

我纵容你

让你梦想着

我身体以外的世界

(2010.5.16—17)

---

① 扎尕那:藏语意为"石头箱子",地处甘南藏族自治州迭部县境内。

② "死亡是无的神殿":海德格尔语。

来　世

一只蚂蚁
它通体的黑
或许由一个人前世全部的荒唐和罪孽造成
它不会知晓
也不会用文字记录情感

纯粹
自在

它有性欲
只它身体一般大小罢了
不似被一代又一代的情种挖成寒窑的月亮
会引发冲垮海岸的潮汐

它黑得无足轻重
取消了暴力
甚至
你惋惜的余烬

在日落中

它所看到的
不会是痛苦的黄金

像摆脱一个句号
它在我的诗中稍作迟疑后
触角
探向未知的境地和它本身的命运

(2010.6.26—27)

最后的景象

春天的襁褓中
有什么呢

有婴儿的小手
攥紧的秘密

什么秘密
一粒静海的珍珠
还是蓓蕾将要打开的请柬上
烫金的名字和预定的佳期

谁会受到
未来和安宁的邀请

太平洋上
白浪滔天

鸟的舌头
因为惊恐
缩得更小

一切都小于了零
太阳
摇晃着微弱的灯
可它
什么时候就要断电

泪水的汪洋
出海捕鲸的船上早已没有了舵手

（2011.3.19—20 二稿）

山　隅

　　——给画家奥登①

溪水潺潺
天空的蓝和云朵的白
你打开所有的卷心菜也再难找到

鸡儿觅食的草滩上
一片金露梅兀自盛开
那么地热烈,如同黄昏炉灶中的柴火

在此山隅
谁能配享卓玛的茶炊
谁配享天籁之音和黄铜般静谧的日子

山腰缓行的牛角
恰似月牙儿光色动人的幻影出没于雾霭
可惜,我不是在溪水边对景写生的画家
——已经陶醉,已经忘乎所以
亦不是那牧人,正驱犊返家

一朵乌云带来一阵急雨
我,只是挂在牧场围栏的
铁丝上的一排排雨珠

(2011.8.28)

① 奥登:当代藏族画家。

风 雨 忆

风雨如晦
绿烟伤心,芙蓉有凄凉的身世
不说也罢

有一座塔
在云间在大雁的翅膀之上
你说,有一盏灯在塔中
如抄经人的额头
如我橐橐的足音
时时出现在你梦中

风雨凄凄
皂荚落地——那紫檀色的小妆盒
仍然哗哗啦啦不失阳光的快乐
在大慈恩寺
你捡起这样的一枚皂荚送给我
你说,你因相信那塔中的光芒
相信雨后,有那引渡的虹桥
而甘愿饱受所有风雨的滋味
且自珍自爱,且如这皂荚苦中有乐

风雨潇潇

芙蓉带笑,且带着泪珠

那时,我们在同一柄伞下呼吸

听得见彼此的心跳

伞盖青青

仿佛人间一片最圆最小的荷叶

不说也罢

(2011.9.10)

冬　旅

——写给延俐

年关近了
黄昏里次第亮起大红的灯笼

红光映雪,木栅低矮
炊烟熏醉山头的星星
醉了的,还有那明天将要合卺的新人
他们将要交换瓢中清水,庄重饮下
看见自己喜悦的泪花,出自对方眼中

大红灯笼的村庄,鸡叫前升起太阳的村庄
周围深山老林中
积雪压折松枝的声音一定令松鼠吃惊
人类的觊觎
一定令那沉睡千年的老参平添了几道皱纹

二十年前过此地
二十年后经此山
火车长长的嘶鸣提醒,那村庄并非我们的
村庄,那早已是山海关外白雪茫茫美梦一场

(2011.10.6)

故宫鸦影

一

鸦声粗哑
金殿琉瓦上
一块飞起又落下的阴影
落日的手印
摁在你心上

游人
地砖缝里的草芥
东张西望
心思遭乌鸦掏空
如地铁从前门风驰电掣驶过,只剩下
地下隧道倒抽一口凉气后的空虚与恓惶

殿前铜龟
尾巴很短
出宫的路依旧很漫长

二

落日
提着一只赏赐的烤鸭
像佝偻着腰的太监
出宫去了

乌鸦仍旧盘踞在
人的神经编织的巨大蛛网中
饕食嘈杂的灯火

三

那些在宫中栖息的乌鸦
一把把旧锁

打开它们
打开一口深井里的妆奁盒
清点月光的珍珠

于是摸钥匙
从腰里,火里
从冰中,血中
头发花白了

花老瓦飘零
醉梦中

他只摸到青松上的雪
砒霜的表妹

四

乌鸦藏在人心里
所以玉兔仍在月宫捣药

青铜光,珊瑚裂
乌鸦受惊,藏来藏去
以人盗汗为琼浆玉液

五

乌鸦是红色宫墙内
一架黑漆屏风

有人在后面
养花
养心
养指甲

海棠红的指甲
不知一座纪念碑的影子
像呼啸的火车
穿过夜半的中国

(2011.10.30)
(11.6 改定)

墓　前

我把一枝花搁你墓前
鸟雀暂去别处说话

我把三杯酒洒在风中
土地愈发沉默

我把响头叩在地上
落日领着你身后青山
走下地平线去

走回家去

（2013.4.4 清明）
（5.26 删改）

江 南 小 景

在糯米纸一样甜的雾里
荷花,浑然忘记了
藕断丝连的成语
荷花,怎么会有暗伤呀

一只提腿收胸的白鹭
立在漠漠水田中央
美如雨天的瞌睡

它快梦见了
梦见,我和你坐在自家屋檐下
看着那些菠菜
那些芫荽
淋着细雨生长
收尽了天地的青翠

我们坐着,看着
看到老,也没说一句话

(2013.6.2)

今　日

十月蟋蟀入我床下
吞下霜天里的不平
咽下它声音里细小的刺

哑默是我们最安全的睡袋

暗自闪光的流水
星子的枕头

梦里梦外
犬吠
剥落暖瓶瓶胆上的水银

（2013.9.30）
（10.2改）

扫 雪

清音独出
黎明前的窗外
一把扫帚

没有扫除不到的雪
包括时间的缝隙里
因为担心睡不安稳
刚刚从死鬼头上生出的白发

天下积雪
天下大寒
一把扫帚
还无道于有道

独醒之人
太阳
背着一捆滴水的柴火
已经上路

(2014.3.9)

大理的一个下午

——赠潘洗尘

一家临街的木器店里
一个手艺人埋头雕刻着
缓慢,耐心
仿佛二胡的弓要从琴弦上捞起泉水中的月
捞起桂花花瓣上的纹路,细如谁的发丝,在乌有的月
　宫中

一个鼻梁上架着玳瑁眼镜的手艺人
如此耐心,如此缓慢,偶尔迟疑着
试图要把硬木深处遇见的一个疤痕改造成花的眉眼
或是一只飞翔的蝙蝠,带着雕花的木门,在边陲古镇
　安家落户

哦,就在他片刻的迟疑里
我认出了自己,一个隐姓埋名的诗人
在古老而又漫长的时光里,静静守候着
每一个劈柴架火茶炊熏醉落日的温情无比的黄昏

(2014.3.30)

朔方的一个早晨

群山横亘
那摆脱了黑暗的马群是安静的
沿着山脊铺展到山坡平野的阳光
青嫩、甜蜜
仿佛正和遍野生长的西瓜上最最美丽的条纹
谈论着自由舒展的意义

如此辽阔的一个早晨
我还看到了在群山之中傲然生长的白色的三叶树
巨大的三片叶子,借着风的力量
形成了一个绵绵不停的转动的叶轮
一朵向远方输送光明的花朵

如此辽阔的一个早晨
巡阅的车窗后是我经过岁月蚀刻的脸

(2014 年 8 月 27 日 清晨)

格尔木,格尔木

——送星阅赴格尔木以西野营驻训

灯火的城
灯火不会厌倦

灯火高于星辰
星辰散落四野

四野蔚蓝
云豹茫然不悟身在何方
美玉身在何方
谁似闪电
追寻昆仑隐秘的矿脉
追寻
通往瑶池的道路

大雪铺盐
半途中的白鸟
心旌摇荡
前方是瑶池的春天
后面是格尔木泪花晶莹的灯火

祝愿的灯火
祝愿多么温暖

祝愿有人
随闪电行动
一起行动,一般敏捷

祝愿一个头戴羚角的神仙
在星辰集合的野外散步
意外遭遇车灯照射
祝愿他在
雪白的光柱里
惊愕　不知行动

他目光清澈
让人类发现自己心中的杂质
只用三秒钟时间

(2014.10.7)

外白渡桥

  伞撑在头顶
  灯掌在手上
  仔细脚下

  风浪
  不会数数

  有人
  数雨点
  数回光绪那年

  把苏州
  数青
  数黑

  黑而湿
  一朵花的花蒂
  隐于上游
  丝弦以外

苏州河河口
此时有人
横渡苍茫
灯掌在心上
伞扔进河里

一只海鸥尖叫
一个外国女人雪白的腰
被天空的手
猛烈攥紧
一座桥,遭遇破坏

于彻底毁灭中
语言形成
我钢铁的骨架

(2015.5.1—2)

静 安 寺

（寺藏八大画作）

施主请茶——

请。
一根松枝旁逸斜出，
若八大嶙峋的手。

有鸟衔杯飞过，
涌泉晃动，
一盏热茶，
抛洒三两颗星星。

遗民泪。
红豆。
罢。罢。罢。

且静。
且安。
且随日影一道见石钵上的佛

(2015.5.3)

小 桥

你可怜芍药不安,小桥边
蛙声起劲
要移种她到月亮上去

你可怜桥影
在黄昏水面不停发抖
花衣楚楚
蜉蝣造句

你可怜你
你可怜我

(2015.6.14)

空谷之听

布谷的啼叫
似银环在阵雨后的黄昏
把高原草甸轻轻拎起又放下

整个河谷只有
布谷啼叫
忽高忽低
高于碧峰雪线
低于灌木草根

更低的是
流水与谷底乱石的低语
粗砺而含混,混合着日落西山的冷静
与昨夜狼群出没撕咬掉一头雄牛的半只睾丸无关
与人的事情无关

水在流
布谷在啼叫　有谁
还在叙说

(2015.6.22)

又过马牙雪山

群峰乱错
峰峰亮雪
峰峰硬语盘空

——可以借此险峰好牙
仰天长啸　但是不了
我只愿俯身一条清溪
半蹲半跪　用一块旧毛巾
捧起雪水好生擦一把脸
脖子和耳根后面都要好好擦擦

然后直起身来看看远近风景
半山腰上大片紫色阵云
那是六月的杜鹃花吧
在雪线之下庄重自若

仿佛此刻吸进我肺里的空气
无比清冽无比甘醇
仿佛雪水……

(2015.6.22)

反弹琵琶:敦煌幻境

一

落日一碗酒
沙岭之上。席地而坐
我得听我影子口干舌燥地劝说——

干了吧
趁血犹热酒尚温趁尚未风吹
沙平,有那可怜小虫儿留下的
一行歪斜的足迹——可以下酒
咀嚼——如你写过的诗句——
时间到了,她荤腥的线索
尽被星星收藏若无其事

干
落日一碗酒
晃出的　不是丝路花雨天花乱坠确乎是我
西天取经路上摆脱诸般困厄后的那一腔热血
两股清泪

二

月牙泉
这里是我解剑饮马的地方吗

一群鱼儿乘黑把一张铁背弓抬到天上
一群鱼儿从此变成弹琴的手指　一群鱼儿知道

我把自己的和向我射箭的
人的眼睛都变成这一牙清泉汩汩的泉眼了

三

垂目遐想的菩萨
借我你腰间的丝绦一用
我不会拿它将沙漠里的两棵旱柳捆绑成夫妻
自玉门关乌有的城墙上一寸寸垂放下去
我要吊西域半个月亮上来吊一块羊脂玉上来
　　　　　　　　　　吊她上来

我是玉门关的总兵
我是瘦影横渡霜天的那一只孤单的雁
此刻,我就把她吊在我嗓子眼上

菩萨啊,我凄切的声音
是你的是火的也是她的魂牵梦绕的丝绦呀

四

请到一颗被太阳的酒浆鼓胀的葡萄里找我

请到吸收消化黑暗的棉花地里找我

请别说风轻云淡什么的话

请到莫高窟的一座洞窟里找我

我不是护经者

亦不是那个眉毛低垂内心喜悦的供养者

请到一幅唐朝青绿山水的壁画里找我

请到生死轮回因果报应的善恶世界里找我

请跟着松风找我,随着流水明月念我

请在一头九色鹿凝睇看人的眼睛里看我

——大男子,你要尽善尽美顶天立地

五

常书鸿:众多沙岭拱起的金色颠峰上,一幅边框纯黑的眼镜,被风沙磨损的镜片带着冰纹。

段文杰:戈壁中一辆载着落日的颠簸的卡车,反方向行驶,驶向佛光无量的白昼。

樊锦诗:白菊花开在通往莫高窟洞窟的每一架蜈蚣梯上。菊生露,露映霞。远天有鹰。

敦煌:一座由常书鸿段文杰樊锦诗担任名誉校长的弘文大学堂

里,儿童如千佛集合正出早操,咚咚的脚步声在白霜覆盖大地的清早咚咚咚咚……由远而近由近而远

(2015.10.31—11.1)

悬 泉 置

你看这一枚带钩
你看这一把梳篦
你看这一双麻鞋
你看这一只陶碗
你看这一只漆木耳杯这一方石砚
你看这些汉简上有头无脸伸胳膊抬腿的字儿
你看大麦小麦青稞谷子糜子豌豆大蒜胡桃的种子
马牙上和土粘连的苜蓿
你再看雪山星辰悬泉飞瀑
一枚五铢钱抬高的汗津津的旭日
你再看……你看一场沙尘暴来了
在敦煌和瓜州之间

一场沙尘暴来了
你看不清一名驿卒心里的绿韭菜
你看不清一个皇帝心里的刀枪剑戟

……是如此地惊怖
沙尘暴里有沙尘的暴君

绿韭菜的绿和梨花的白好像看不见
是看不见的,反叛的灯火

(2016.2.28)

凉 州 词

我们还会去天梯山开凿石窟
塑造庇佑我们的佛祖吗

在梦里
我们又在大佛的脚背上坐下来
慢慢喝口热茶嚼口干馍
一朵云跟一只蚂蚁比赛慢走呢

一只蚂蚁
在一头不停反刍的耕牛的眼里
许是风度翩翩的字儿

二月开春,三月播种
有文化的蜜蜂都操花的心
在丝绸之路上忙着传递
花的情书花的甜言蜜语

风清云白家长里短
由着麻雀去说吧
它们正集中在石窟周围返青发绿的白杨树上

兴高采烈

天下哪有不高兴的事儿
那被我们的梦想重塑金身的佛祖知道
每个人合什的双手里都没有
"不爱"

(2016.3.6)

道 外 区

白云在天
午后有两三闲人在老街太阳底下喝啤酒抽纸烟

电线杆站着柳树也有一棵没一棵闲绿在道旁
曾经的桃花巷在哪里？寻花问柳的人易聚易散
脱裤子的云易聚易散最终抛弃棉花的比喻

撕棉花的人不如撕桃花的好看
萧红好看吗看望萧红宜在冬天
在某个街口开一扇玻璃小窗的水楼前买包香烟
顺便打问她在此地的住处寒冷的风中

或许打问不着那先拉起衣领
划根火柴点支烟深深吸上一口
再辩认一下暮色中的方向
我尚不甘心我只知道落日的地址

我尚不甘心
我错过她是在上一个世纪我尚未出生的年代

是在今天

白云在天?

黑色电线中的电流声赞美着寂寞

(2016.8.29)

秋 天 颂

秋天总是比故宫深
天不亮就有人清扫落叶
从南河沿大街到长安大街

那些堆积的败叶
如同被处理的上访信件
有让乌鸦不安的气味

乌鸦叫
乌鸦夹带着金銮殿的金黄
祈求平安

他们说北京金色的秋天很美
而你独指西山　指说西山
枫叶烂红　红得如同
落日的颂辞

(2016.10.22)

苦 音

寺院沙枣树下
一头被拴着公牛
舌头不停翻卷
舔着嘴唇

沙枣花的香气
窜到隔壁
秦剧团的家属院里
天已黑了
灯火的阳台上人影闪动

西北有高楼
牛角废墨斗

牛会流泪
混浊的泪光中
星星躲得很远
远在寺院金属的月牙儿之上
远在高楼与浮云后面

尾巴不时摇动
想要驱散
空气里不安的尘埃

黎明
是一架绕不过去的刀锋

它开始悲吼
整夜向着虚空
用力抛掷
胸腔里粗砺而沉重的石头

它的苦音
让一个秦腔名角半夜醒来
辗转反侧:我虽善于运气,但仍不会行腔

(2017.2.25)
(4.16 删改)

春　夜

眼睛沉溺于眼睛
嘴唇寻找着嘴唇
交换漩涡交换身体
河水涌流星光

柳丝蘸水
从灰尘中捧出雷
杏花
素处以默

春夜广大
河水浩荡
他们穿过针眼
旋转于群星和疯狂的石头当中

(2017.4.2)

(4.16 删改)

夜　雨

云雨交给丁香
石栏交给垂柳
我们走吧

梦里春韭
在别家院里生长
我们走吧

春笋破土摇撼藏经的白塔
一对鲤鱼拿命换一对红烛

芦芽嫩短
一河水涨
我们走吧

冷雨斜飞,雨滴中
有密探的眼睛
水深火热

(2017. 4.22—26)

阿 门

跳楼的
给他一声蚂蚁的叹息
跳河的
给他一条鲤鱼的赤尾

跳脚的
给他呼叫的消防车
跳伞的
给他柳绵的指示

跳高的
给他云楼的窗户
跳远的
给他地平线的晨曦

跳舞的
给他空中花园
跳火的
给他红鞋灰脸

跳神的
给他诗歌酒曲
跳浪的
给他海洋乐谱

跳棋的
给他星空的棋盘
和上帝眉宇间的睿智与仁慈
给他我们生命的棋子
阿门

(2017.5.4)

七月之殇

烈酒真性,妙道我闻,高情自成大境界。纵然先生今已矣,魂魄长升星斗酒。

西风残照,异峰他起,野诗恍若小昆仑。到底我辈后如何,河岳时集英灵风。

——挽联老乡先生

七月蝉噪
出卖树冠

铁石生烟
没有荫凉
到处没有

肺已失火
褐色的血
把月季的行程
凝结在临终的嘴唇

你要见什么人
你要说什么话

死亡已经敲门
攥着海河之水的拳头
敲一间病房的门

灯塔在新港
淹没于太阳的白光

中午的石灰之歌
小白楼在高烧中昏睡
沉船之瓷深水下呓语

山水浮现于瓷胎
松下置酒
仕女抱琴
那是异代同时之梦

梦从你身上
带走自由的肢体
宋瓷于冰裂中完成词的绝响
你头发凌乱
蜷卧病床

池塘的绿
草木的绿
分送窗户

那绿纱窗
那绿豆汤
离你何其遥远
家,何其遥远
你躺在一间死亡敲门的病房

你要见什么人
你要说什么话
什么烟抽着劲大
什么酒喝着够辣

卷上大西北的星星莫合烟
能把冬天的雪人呛出眼泪
高粱酒醉倒昆仑仙人
一棵歪脖子树咧着伤疤笑
总比咧着嘴巴哭让人瞅着高兴
……

可那攥着海河之盐的拳头
咚咚砸门
闷雷,从七月的夜空
砸下雨点
你不肯与死亡照面
却提前到达了闪电的花园

雷雨之后

银河的水都是漾漾的酒
满天星星抓一把都是光芒的豆芽
好菜？下酒

吃酒做神仙
你还会忍不住白眼人间
谁是玉帝的密探
谁的手伸得那么长

若回望
望望渤海渔火
明明灭灭
渔人还在海上
说着天下兴亡

（2017.7.12）
（7.14改定）

阿信诗选

阿信，1964年出生于甘肃临洮。毕业于西北师范大学历史系。主要作品有《阿信的诗》《草地诗篇》《致友人书》《那些年，在桑多河边》等。现居甘南藏族自治州。

目次

马帮留下的灰烬 / 119

小草 / 120

在草地上 / 121

独享高原 / 122

墓志铭 / 123

大金瓦寺的黄昏 / 124

9月21日晨操于郊外见菊 / 125

安祥 / 126

风吹 / 127

雪地 / 128

甲壳虫 / 129

郎木寺即兴 / 130

玛曲的街道 / 131

速度 / 134

金盏之野 / 135

一座长有菩提树的小院 / 136

斯柔古城堡遗址 / 139

早晨的诗节 / 143

山坡上 / 145

挽歌的草原 / 146

正午的寺 / 148

帐篷中的一夜 / 150

山间寺院 / 152

兰州 / 154

在外香寺 / 157

歌 / 158

一个酥油花艺人与来自热贡的唐
　卡画大师的街边对话 / 159

湖畔·黄昏 / 161

驱车:从黑马河到橡皮山到茶卡盐
　湖 / 162

在当金山口 / 163

敦煌集·鸣沙山 / 164

秋风辞·郎木寺 / 167

看见菊花 / 169

唐·一个诗人的消息 / 170

鸿雁 / 171

在尘世 / 172

致友人书／173

札记／174

雪夜独步／178

降雪／179

生长草莓的山谷／181

雨季／182

天色暗下来了／183

孤独／184

玉米地／185

那些年,在桑多河边／186

一小片树林／187

火车记／189

达宗湖／190

兰州黄河边听雪／191

西北／192

桑珠寺／194

扎尕那女神／195

乌鸦笔记／196

我始终对内心保有诗意的人充满敬意／200

点灯／201

河曲马场／202

隆冬：江岔温泉印象／203

草地酒店／204

一座高原在下雪／205

一具雕花马鞍／207

秋意／208

风雪：美仁草原／209

弃婴／211

写作的困惑／213

我还没在诗中写过一条真正的河流／214

卸甲寺志补遗／215

雨／216

在大海边／217

马帮留下的灰烬

达日宗喀恰山口
黄昏暗红的血渍
浮在石头上
在我们之前(也许很久以前)
马帮曾经过这里
他们疲惫不堪
像一群默默潜行的野兽
马蹄在石头上碰出火星
复淹没于一片死寂
两侧的石头渐渐聚合
阴影
投在他们黑色的衣服上
投在他们走过的
和没有走过的远路上
多年后我还梦见那些狰狞的石头
低头走路
总也忘不掉谷底
那一大堆燃过的灰烬

(1988)

小　草

有一种独白来自遍布大地的忧伤。
只有伟大的心灵才能聆听其灼热的绝唱。
我是在一次漫游中被这生命的语言紧紧攫住。

先是风,然后是让人突感心悸
四顾茫然的歌吟:
"荣也寂寂,
枯也寂寂。"

（1990）

在 草 地 上

草地太潮。阳光
太猛。一股菌类植物的浓烈气味。
那话语的河流:贴近又疏远
疏远又贴近。

在广阔的时间上久坐:我,和谁?

漫长一生中再寻常不过的情景
只剩下模糊的轮廓和气息。
蓦然想起:一种遥远而亲切的感动。
然则又是,一柄巨锤,一股
悲不可抑的洪水。

(1990)

独享高原

点燃烛光,静听窗外细致的雨水。
今夜的马,今夜的峭石,今夜消隐的星辰
让我独享一份冷峭的幽寂。
让我独享高原,以及诗歌中
无限寂寥的黑色毡房。

我于这样的静寂中每每返顾自身。
我对自己的怜悯和珍爱使我自己无法忍受。
我把自己弄得又悲又苦又绝望又高傲。
我常常这样:听着高原的雨水,默坐至天明。

(1990)

墓 志 铭

总会到来:让我长卧在这片青草下面,与蚁群同穴。
让风雨食尽这些文字:我曾生活过。

我与世界有过不太多的接触,近乎与世无补。
我恬退、怯懦,允容了坏人太多的恶行。
我和文字打交道,但我是一个糟糕的匠人。

我缓冲的血流,只能滋养天底下一朵柔弱的花朵。
那是我未具姓名的女儿,集美丽善良于一身,
在露水的大夜中疼醒。

总会到来:这清风吹拂的大地,
这黎明露水中隐去的星辰……

(1991)

大金瓦寺的黄昏

大金瓦寺的黄昏,光的喧闹的集市。
集市散了。然则又是
寂静的城。

——阴影铺开,
一大片民居的屋顶,波动如钟。

此际,想象我就是那个
彻夜苦修的僧人,
远离尘嚣,穿过一条藻井和壁画装饰的长廊。

我是否真的能够心如止水?
我是否真的能够心如止水?
不因檐前飘落的一匹黄叶,蓦然心动。

……但我想
我是有点痴了……终于有夜雨和犬吠。
终于有如鼓的街面,一辆马车
打身边经过。

(1991)

9月21日晨操于郊外见菊

我只瞩目于秋原之上一只黄金的杯盏
——独擎西风,以及比西风远为凛冽的霜晨
微微倾斜。

天地大开大合。秋天发挥到极致。
独舞者,一经旋转便身不由己——
四下早已
遍顾无人。

高出秋天。也高出
西部的寂寞。
正好适应我渐渐升高的视线——

最初我是从一片洼地开始起步,现在
我想我已经来到了高处。

(1991)

安　祥

暮秋中
唯一不被伤疼侵凌的果实,是安祥。
含咀凛冽秋气,在大路拐角,
燃向荒天野地的矢车菊,是安祥。
三两颗星星,飘进身后不远的夜空,
那一片鸟声洗白的草原无疑是安祥。
我所熟知的古印度王子
识破命运的神秘微笑,
也是这安祥。

让我在漫游中情不自禁,蓦然驻足:那棒喝万物的美
　　中之美只能是安祥。
让我放弃言辞,面对一首终极的诗歌,无法描摹的内
　　心欣喜正是这安祥。
而正受一切,俯仰无愧的生命感觉唯有这安祥。

(1992)

风　吹

风吹静静的山坡
小红花,正和穿金戴银的姐妹们
说悄悄话。

弯下身子,我说:
"让我也加入到谈话中来吧。"

茫茫大草原,云层中
鸟在和鸣。

我抬起头。但同时感到
作为一个人的孤单。

(1994)

雪　地

　　雪地上已有践踏的痕迹。是谁
　　比我更早地来到高地？比我更盲目
　　在一片茫茫中，把自己交给荒原
　　而没有准备返回的路

（1994）

甲 壳 虫

昆虫家族善于伪装的迷彩小吉普
草棵间一座失而复得的古代宫殿。当它
移动(在天空下)
是缘于我在这炎炎夏日中一个短促的梦境
还是出自一滴血液的神秘驱动?

(1994)

郎木寺即兴

一脚踏两省：左边四川，右边甘肃。
寺院、沓板房、古老的水磨，甚至
乡镇府：维持着复数简单的平衡。
两个裁缝，一边一个。
两个靴匠，隔河相望。
两个喇嘛，仿佛遇见轮回中
自己的前生：一阵恍惚和眩晕。
头顶的云团营垒分明。
奔腾的白龙江，有一条
隐约的中轴线。我变幻着
两种心情。
唯一不能确认的是水中的游鱼——
它自由穿越，不带一点俗念；
它把我带到云雾初生的源头，在那里
一株巨松的根，暴露着，向四下延伸。

(1997)

玛曲的街道

玛曲的街道,风是一年四季的常客。
街道似乎为它们而建。
唯一的十字路口,四通八达,没有任何障碍。
风可以呼啸着来,呼啸着去,
拍遍所有沿街的门窗,掐疼每一个
匆匆出现的姑娘的脸蛋。

在玛曲,不用留意,就可以发现:
在一些店铺的门板缝隙,在一家粮站
陈旧铁栅的尖顶,甚至在那个
迎面走来的藏族男人
篷乱卷曲的发丛中,夹着、挑着、
贴着或晃荡着一些破碎的
纸片、塑料袋、干枯的杨树叶
和令人生疑的动物的毛发——
像一艘刚刚打捞上来的沉船,
浑身挂满海底的水草——
这是风的勋章,它把它佩在
任何一个不经意的地方

在风经过的街道,沙土久久地沉醉——
岗亭、台球桌、电影院门前油漆斑驳的招牌
昏暗光线中的肉案和砧板上忽明忽灭的刀子
一具冒着热气的牛头骨……
都像悬浮其中,极不真实
你想在其中脱身、逃跑,已不可能

你来到玛曲的街道,只能随波逐流
让风裹挟着你、推搡着你、翻遍你的口袋
给你鼻子上狠狠一拳、从一个街口
把你带到另一个街口——
一座裸露的草原,或一条旱季的大河
硬朗而沉默的北国边地风光,出现在你面前

大风中晃过的那些面孔当中
没有一个是你熟悉的。他们(或她们)
都带着大风部落的徽记——
干燥的皮肤、紫红的脸膛、凹陷而
炯炯有神的眼睛,不管不顾、憨厚直爽
朴拙天真的眼神,以及
袍襟中揣着白酒,为一个远道而来的朋友
杀死豢养多年的三只白兔的举动——
都是你所不熟悉的。除了那一个
唯一的一个——趔趄着身子,顶风在街道上
奔跑,袍襟像大鸟一样腾空而起的青年——
是你眼前湿漉漉、心中潮乎乎的兄弟

你是在二十年前来到玛曲。那时
你的心中盛放着爱情——
为一只蝴蝶的宛转飞离而痛不欲生
为一些莫名其妙的想法而彻夜不眠

（1997）

速　度

在天水,我遇到一群写作者——
"写作就是手指在键盘上敲打的速度。"
在北京,我遇见更多。

遥远的新疆,与众不同的一个:
"我愿我缓慢、迟疑、笨拙,像一个真正的
生手……在一个加速度的时代里。"①

而我久居甘南,对写作怀着愈来愈深的恐惧——
"我担心会让那些神灵感到不安,
它们就藏在每一个词的后面。"

（1998）

---

① 摘自沈苇《在我生活的地方》一文。

金盏之野

金盏之野!
秋日薄霜中籽实饱满的金盏之野!
长空雁唳下疾风吹送的金盏之野!

藏羚羊白色的臀尾始终在眼前晃动。
由晨至昏,西部的大天空偶尔也允许
一阵突兀的沙暴在其间容身。

我感到有生的幸运——为能加入到
这自在从容者的行列。而座下的
越野吉普:是一只缓缓移动的甲虫。

(1998)

一座长有菩提树的小院[①]

1

凉爽。至少在这座游客如云的寺院的七月
它的凉爽是不容置疑的。

2

它拥有
一个相对僻静的坐标,
一个廊柱和壁画间轻轻打盹的喇嘛,
一个角落里浮现的神,
和四株菩提。

3

移动的仅仅是
一些从树冠上筛落下来的
阳光的金箔。

而我是安静的。
殿堂深处,一排酥油灯细小燃烧的火苗
是安静的。

移动的仅仅是

时间水洼中几只奋勇泅渡的蚂蚁。

4

世界太热

一个骑象而来的王子在河边小便、裸袒、不吃不喝。

他的身边:四株菩提。

5

如果把它从寺院中移开,栽种到

我所熟悉的一处场景(兰州某高校的操场边)

那它就是

四株丁香。

四株与月光合谋

暴露一截恋爱中的女子冰凉手臂的丁香。

6

这个小院没有记忆的青石台阶

或许留有对一个诗人的淡淡怀念——

他清癯、苍白,低声吟哦:

"旃檀树不朽的十万叶片

有十万佛的鼾息吗?"②

7

我该走了。但把睡意留下
在梦中它会长成另外的一株:上面坐满
赤足散花的仙子。

(1998)

----
① 塔尔寺有一散花殿,内植四株菩提树,每年春天开花,落英缤纷。菩提又名旃檀,俗称丁香。
② 引自昌耀诗作《古本尖乔——鲁沙尔镇的民间节日》。

斯柔古城堡遗址

——献给李振翼先生

拨开草丛,
寻找那条青麻石铺就的大道。
那一度喧嚣、蒸腾尘浊、裹覆红氍毹、
迎宾舞乐的大道,充满了刺鼻的
草叶腐败的霉味。一堆受惊的
蠕虫四下爬动……
法号吹鸣。车马辚辚。昔日的盛大景象
确凿是不能与闻的了。
如此缘薄。

斜面。
台地。
一座想象中巨大光芒的门扉洞开。
——我发现了。他这样说:"一段墙基。
然后是另一段……最后,
又回到原地——完成一个循环。"
阳光眩目。羊群四散。时间
九匹快马牵掣的马车,终于来到。

牧羊人和他的妻子,坐望在
风雨之夜的甘加草滩。与一座传说中的
古城堡,有一段宿命的距离。
现在,他躺在文化馆陈旧的木椅中
晒着迎窗射来的阳光。他患有
严重的风湿。

"这里。还有那里。"向导的声音
渐渐飘近。
我看见荒草中
一对对巨大的覆盆式柱础:
阴刻的忍冬纹,时间凝固。
寂静敞开无形的建筑:
那宴饮。帛书。青铜烛台。壁饰。
藻井。鬼面舞。佛龛。吐蕃使者。
月光的蓄水池:一面莲花铜镜。
神秘的回廊:河州女子及其一生。
格萨尔说唱艺人,坐在
一株巨柏之下。
——浮现,又若
细数家珍。
——失意的牧羊人无意间跌进一座宝库。

我曾在不多的时间里翻阅典籍。
那弥漫酥油味的、漫长的
赞普时代:雪山之下,遍地城堡。

但往往不着一字——
"历史湮没了历史。"
一座寂寞无边的村落,被突然唤醒
承担了使命。斯柔:
倔强记忆的天空。
一段过往历史的见证。
角厮罗政权最具诗意的称谓。
古丝绸之路南线著名的孔道。

三百商人,卸下盐坨、茶叶、丝绸和青瓷。
五百工匠运来了斧斤。而十万西夏
叩关的人马倏进倏退,搅起一股股
腥臊、狞厉的旋风
……太遥远了——
那狼烟。泥泞。阳光灿烂的谷地。
那琴师。剑客。流寓异地的
宋词写作者……太遥远了。

当考古者
从一堵夹棍板筑式残垣
状若牛眼的孔穴中,透视年代深处;
我则从裸露于草棵间的一根根白骨之上
听闻最初的美人幽幽的叹息。抑或是
荷戟的豹皮武士血脉吟诵的潮汐:
仿佛是如斯的叹喟——
如果有火焰,能够在时空的陶具之中

保存其记忆,那多好。
如果有生命,能够在
我们结束的地方重新开始,那多好。

我不禁恍惚。但我确信
我于这废墟之上
听闻了生命如斯的歌吟。
我仿佛看见:一次不可挽回的日落。
一座昔日辉煌的城堡。
一种令人无法正视和卒读的伤痛,
在荒草间
沉浮。

(1998)

早晨的诗节

1

哦,醒来了,我陌生的身体。
刚才,它还在海水当中,
一队闪光的鱼群,静静地
穿过它蓝色透明的峡谷。

2

我需要一些简单的食物:馒头、咸菜、
一杯烧开的牛奶。这没有问题。问题是
我还需要:来自一座山林的新鲜空气。

3

没有墨水,用什么涂鸦?
血管里的血十分平静。这个早晨
我还是不是一个诗人:薄雪地上
用目光按住
那只一动不动的乌鸦。

4

阳光是什么？一块晃眼的布：
绣着花草、羊、以及
鸟清晰的影子。
但那白色奔跑的大雾，又是什么？

（2000）

山 坡 上

　　车子经过
　　低头吃草的羊们
　　一起回头——

　　那仍在吃草的一只,就显得
　　异常孤独

（2000）

挽歌的草原

挽歌的草原:一堆大石垒筑天边
一个人开门看见
——但忘记弦子和雨伞

挽歌的草原:花朵爬上山冈,风和
牧犬结伴
——但没带箱子和缀铃的铜圈

挽歌的草原:喇嘛长坐不起,白马
驮来半袋子青稞
——但一桶酥油在山坡打翻

挽歌的草原:河水发青,一堆格桑
在路旁哭昏。哑子咬破嘴唇
——但鹰还在途中

挽歌的草原:手按胸口我不想说话
也很难回头
——但远处已滚过沉闷的雷声,雨点

砸向冒烟的柏枝
和一个人脸上的
土尘

(2000)

正午的寺

青草的气息熏人欲醉。玛曲以西
六只藏身年图乎寺壁画上的白兔
眯缝起眼睛。一小块阴影
随着赛仓喇嘛
大脑中早年留下的一点点心病
在白塔和经堂之间的空地缓缓移动

当然没有风。铜在出汗经幡扎眼
石头里一头狮子
正梦见佛在打盹鹰在睡觉
野花的香气垂向一个弯曲的午后
山坡上一匹白马的安静，与寺院金顶
构成一种让人心虚不已的角度

而拉萨还远，北京和纽约也更其遥远
触手可及的经卷、巨镬、僧舍，以及
娜夜的发辫，似乎更远——当那个
在昏暗中打坐的僧人
无意间回头看了我一眼

我总得回去。但也不是
仓皇间的逃离。当我在山下的溪水旁坐地
水漫过脚背,总觉得身体中一些很沉的
东西,已经永远地卸在了
夏日群山中的年图乎寺

(2000)

帐篷中的一夜

与一盆牛粪火靠得这么近,我想
火一旦熄灭,凉着的半边身子
就会教导热着的半边身子:
什么是冷、无爱、边缘的生活
什么是坚持的肌肉和骄傲的骨头

与一对夫妻睡得这么近,我想
他们若翻身、发出响动
醒着的耳朵,就会教导茫然的眼睛:
对夜晚来说
什么是真正的看见和知道

与一座天空贴得这么近,我想
如果星星在闪烁,那它们就是在移动、
呼吸、交谈和争吵,它们会很忙、
很乱,也会沉思和怀念
当然不会注意
躺在地上、望着它们的我

与一场霜降离得这么近,我想

霜要是落在我的鼻尖和额头上
也不会融化——就像落在
那些花草、牛羊和安静的冈子上一样
只有山脚的溪水——它太冰凉
——会把霜融化掉

(2000)

山间寺院

寂静的寺院,比寂静本身
还要寂静。
阳光打在上面,沉浸在
漫长回忆中的时光的大钟,
仍没有醒来。

对面山坡一只鸟的啼叫,显得
既遥远又空洞。空地上
缓缓移过的红衣喇嘛,拖曳在地的袍襟,
没带来风声,只带走一块
抹布大小生锈的阴影。

简朴的僧舍,传达原木和褐黑泥土
本来的清香。四周花草的嘶叫,被空气
层层过滤后,清晰地进入
一只昏昏欲睡的甲壳虫的听觉。
辉煌的金顶,浮在这一片寂静之上。

我和一匹白马,歇在不远处的山坡。
坡下,是流水环绕的民居,几顶

白色耀眼的帐篷,
一条油黑的公路,从那里向东
通向阴晴不定的玛曲草原。

我原本想把马留在坡地,徒步
去寺里转转。但起身以后,
忽然感到莫名的心虚:寺院的寂静,
使它显得那么遥远,仿佛另一个世界
永远排拒着我。我只好重新坐下
坐在自己的怅惘之中。

但不久,那空空的寂静
似乎也来到我的心中,它让我
听见了以前从未听见过的响动——
是一个世界在寂静时发出的
神秘而奇异的声音。

年图乎寺——
这是玛曲欧拉乡下一座寺院的名字。
这个名字,对我来说并没有太大的意义,
对我有意义的,是它在阳光下暴露的
灿烂的寂静。

(2001)

兰　州

黄河边上,低矮的棚屋,入住了最初的居民:
筏子客、篾匠、西域胡商、东土僧道……之后是不绝
　　的流民和兵痞。

羊皮筏子从很远的上游运来一座白塔,安置于北岸
　　荒山之巅;
羊皮筏子从很远的下游运来一尊接引铜佛,安置于
　　南岸兰山。

奇迹接连发生:有人在上游开窟造像,有人在下游设
　　立王廷,
有人在不上不下的地方,打下第一根木桩,建起一座
　　浮桥。

黜陟使返乡那天,一道黄沙,从金城出发,吹送至咸
　　阳老家。
青白石老实巴交的农夫,在粟麻地里收获了意外的
　　白兰瓜。

有人贪贿,有人通敌,有人贩卖浆水和灰豆。来自靖

远的师傅
发明了一种把面团拉扯成细丝的手艺:传男不传女。

清真寺蓝色的穹顶上,升起一弯新月。
兰山根龟裂的滩涂边,出现一架水车。

安宁种桃,雁滩植柳,十里店空旷的沙地
一群穿破旧棉袍的人,从马车上卸下一座学校。

民国政府要员,屁股冒烟,丢下三房姨太太
和半箱购自敦煌的经卷。大胡子王震手提一根马
　　鞭。

西固的炼油厂烟柱冲天,东岗的乱坟滩
建起楼房。高音喇叭架在皋兰山顶上。

1982年,我坐着公社的拖拉机,去师大上学。途径
　　西站
看见三毛厂女工一身蓝布工装,手端搪瓷脸盆,排队
　　进入澡堂。

文学青年追随长粉刺的唐欣。无知少女成日
与穿喇叭裤的铁院子弟厮混。我拿到文凭,乘一辆
　　解放牌汽车离开。

在偏远的甘南草原,我日日听见兰州在成长:河面铺

满大桥,
楼房越盖越高,新鲜事每天都有,朋友们已成了人
　　物。

而我正一天天变老:分不清街道的方向,找不见一个
　　熟人。
那天醉酒,一个人转至铁桥边,看着缓缓流淌的浑浊
　　的河水

突然明白:我所热爱的兰州,其实只是
一座鱼龙混杂的旱地码头,几具皮筏,三五朋友,一
　　种古旧的情怀。

(2005)

在 外 香 寺

只能在天边
也只能是荒僻的,拒绝着俗客

穿绛衣的僧格对我说:愿意的话,可以到里面看看
但我想:进去之后,又能看见些什么

我就一直站在风中,远远望它
外香,外香,那会是一种什么香

四周的花草我闻不见
这让我痛苦的、折磨我的,它会找见我吗

那会是什么时候,在什么地方
那会是一种怎样的解脱

(2007)

歌

我们一起沿山路绕行,在光盖山背阴
车胎挤压下的雪粒从一侧簌簌掉落深谷。

向阳的一面,苔藓湿滑,灰白的碎石间
清亮的水不断渗出、汇聚、流泻……

依次而降:
是黑色森林、灌木带、六月的草地。

山坡南麓:枇杷花掩映着
一座藏族村寨小小的水磨。

我们始终陪着那个失去爱女的人,
一路无话,直到他突然失声。

(2010)

一个酥油花艺人与来自热贡的
唐卡画大师的街边对话

每到冬天,我的十根手指
都会感到火烧似的疼痛。
我必须不断地
将它们浸在冰水之中。
只有这样
那些花朵,才有可能
在它之上浮现。

我更像一个匠人。使用很多工具:
锯子、锤子、钉子、绳索、石膏……
我会花很长时间用鹅卵石打磨一块粗布。
我使用一大堆矿物质颜料,甚至鼻血[①]。当然
冥想打坐的时间也不会少。有一些时间
要花在去山洞的路上,顺便观察
植物的形状。
我一闭上眼睛,就会看到
光芒、色彩和神迹;圣山与圣湖
存在一种神秘的透视关系。
这一切,都是在一场持续数月的热病中完成的。

我尽可能保持这种冥想和高热的状态
直到奇迹出现,一切
浮出水面。
剩下的事就简单多了
徒弟和装裱匠人就可以完成啦。

(2012)

----

① 鼻血:据《大昭寺志》记载,吐蕃赞普松赞干布在一次神示后,用自己的鼻血绘制了《白拉姆》像,由文成公主亲手装帧。这就是藏民族的第一幅唐卡。

湖畔·黄昏

穿过油菜花地的一条沙土路把我们一直送到湖边。

清晨,不时有小鱼
跃出谧静湖面。……现在是黄昏

高原深处的风,推送
钢蓝色液体
砸向堤岸。

没有赞叹、颂祷。没有
神。

……仅余呼吸。
和这天地间寂寞之大美。

穿过油菜花地的一条沙土路把我们一直送回
星光披覆的路。

(2012)

驱车:从黑马河到橡皮山到茶卡盐湖

我,一个原野过客
知道什么人间奥秘
世界奇迹?

我,只是看见了
这些偏僻之地
壮丽、奇幻的事物。

它们,一闪而过
在我人生中途的
车窗之外。

它们也在证明
上帝的存在。

在抵达宿营地之前,这种想法
让我
重归安静。

(2012)

在当金山口[①]

突然想做一回牧人
反穿皮袄,赶羊下山——

把羊群赶往甘肃。
把羊群赶过青海。
把羊群赶回新疆。

在阿尔金山和祁连山结合部
在飞鸟不驻的当金山口
一个哈萨克牧羊人,背对着风,向我借火。

(2012)

[①] 当今山口:当金山位于甘肃、青海、新疆三省(区)交界处。当金山口海拔3800米,位于祁连山与阿尔金山的结合部位。

敦煌集·鸣沙山

1

黄昏的沙丘起伏着。
渐行渐远的驼队起伏着。
头驼颈项下节奏徐缓而悠长的铃铛声,起伏着……

沙丘的轮廓线
有一种无法描摹的神韵,让我深深沉醉。

2

鸣沙山的落日,仿若
乌孙昆莫西行前最后的眷顾①。

青眼赤须的乌孙人②,告别故土。
那一步三顾的怆恻眼神,不正是鸣沙山脊
云层缝隙间粘连不辍的落日吗?

何处寻觅去之已远的人喧、犬吠、马嘶和驼铃?
目睹此壮美落日的游人之中,
可有乌孙和细君的苗裔③?

3

流沙没踝。
我提着鞋袜、水、相机,随众人一起攀爬
——在光与影角力的沙梁上。

流沙漫漶攀爬者烙下的脚印;渐浓的暮色
把攀爬者的侧影,剪贴在蓝宝石的天幕上。

风吹沙响。苍白的大漠之月
如此升起——我感觉有一只白色的大鸟
正在附近振翅掠过。

4

在这旷古的黑夜里,
在这静谧、布满陈迹的古道

——我仿佛看见那个负笈西行的僧人,
在沙丘,结跏趺坐④。

我想,我经历了他的孤独。
也经历了日出时分:在他身后的沙丘上
喷薄、涌出的辉煌和圆满。

(2012)

① 乌孙:汉代连接东西方草原交通的重要民族之一,其首领称为"昆莫"。公元前2世纪初叶,乌孙与大月氏均在今甘肃境内敦煌、祁连间游牧,后迁至伊犁河流域。

② 青眼赤须的乌孙人:乌孙种属之谜,迄今无定论。唐代颜师古注《汉书·西域传》时提到"乌孙于西域诸戎,其形最异,今之胡人青眼赤须状类弥猴者,本其种也"。据此说法,乌孙人似为赤发碧眼、浅色素之欧洲人种。

③ 刘细君(前121年—前101年):西汉刘建之女。元封六年(前105年),被汉武帝封为公主,下嫁乌孙昆莫(国王)猎骄靡,为汉代远嫁公主之第一人。

④ 结跏趺坐:《大智度论》卷七有云:"问曰:'多有坐法,佛何以故唯用结跏趺坐?'答曰:'诸坐法中,结跏趺坐,最安稳不疲极,此是坐禅人坐法,摄此手足,心亦不散。又于一切四种身仪中最安稳,此是禅坐取道法坐,魔王见之,其心忧怖。'"又,《阿毗达磨大毗婆沙论》卷三十九云:"问:'诸威仪中皆得修善,何故但说结跏趺坐?'答:'此是贤圣常威仪故,谓过去未来过克伽沙数量诸佛及佛弟子,皆住此威仪而入定故,复次如是威严顺善品故,谓若行住身速疲劳,若倚卧时便增昏睡,唯结跏(趺)坐无斯过失。'"

秋风辞·郎木寺

1

风吹白的石头,水抱在怀里。
风吹落的红桦树叶片,山路拾起
簪在青苔冰凉的发髻。

2

半山坡上,看见
远在山下的水磨。听不见磨盘咬合摩擦的声音,
辊轴转动和水流冲激的声音。但还是能够听见
内心隐约的回声。

3

目送雁阵远去。她和他
失散在寒雾中。绕行、穿过
白塔和廊道,进入昏暗宫殿。
酥油灯下,蓦然看见:
对面的半神。

4

秋风吹。
松下,送别俗世乡亲。褐衣僧人
转身,推开黄叶和流水,推开
浓郁的秋。

(2012)

看 见 菊 花

在邻居的阳台上,秋阳温存。
在路边小店的招牌下,几只破瓦罐,淋着秋雨。
这些菊花应该长在篱下,但是并没有。
这些菊花看上去也是菊花。就算没人看见,它们也
　是。

(2012)

唐·一个诗人的消息

写作是一种生活,抚琴也是。
他的后院长着一株融入月光的桂树;
阶前,几簇新竹。……青春作伴
美好的春天和诗酒岁月,在这里度过。
其余的日子,则形同梦游:
在一座座幕府和残山剩水之间。
晚年,他带着疲倦的身体回到破败的故乡。

(2012)

鸿　雁

南迁途中,必经秋草枯黄的草原。
长距离飞翔之后,需要一片破败苇丛,或夜间
尚遗余温的沙滩。一共是六只,或七只,其中一只
带伤,塌着翅膀。灰褐色的翅羽和白色覆羽
沾着西伯利亚的风霜……
月下的尕海湖薄雾笼罩,远离俗世,拒绝窥视。
我只是梦见了它们:这些
来自普希金和彼得大帝故乡
尊贵而暗自神伤的客人。

(2012)

在 尘 世

在赶往医院的街口,遇见红灯——
车辆缓缓驶过,两边长到望不见头。
我扯住方寸已乱的妻子,说:
不急。初冬的空气中,
几枚黄金般的银杏叶,从枝头
飘坠地面,落在脚边。我拥着妻子
颤抖的肩,看车流无声、缓缓地经过。
我一遍遍对妻子,也对自己
说:不急。不急。
我们不急。
我们身在尘世, 像两粒相互依靠的尘埃,
静静等着和忍着。

(2012)

致友人书

现在可以说说这些羊。它们
与你熟悉的海洋生物具有相似性:
被上帝眷顾,不断繁殖,长着
一张老人或孩子的脸。
现在它们回到山坡,挤成一团,互相取暖。
现在它们身上覆着一层薄薄的寒霜,和山坡一
样白。
头顶的星空簇拥着无数星座:
北方的熊、南方的一株榕树、阿拉伯圣水瓶、
南美大河……古老又新鲜。
我的帐篷就在它们旁边。
我梦见的和它们一样多。安慰也一样多。
黎明抖擞潮湿的皮毛奔向山下的草地,
像满帆的船队驶往不可测的海洋。
而我将重新回到城市,那里
有等着我的命运和生活。

(2012)

札　记

1. 黄昏

黄昏,是避不开的。
但如此突然、继之以
风和狂雪的黄昏,
让人猝不及防。

2. 乌鸦

黄金堆积树下。
光秃的枝干上,
住着乌鸦一家。湖水中的白杨树呵,
月辉之下,既清冷、又温暖,颤动着……

3. 牵马经过的树林

落叶这么多。
居于高处的,在向低处偿还。
踩在上面,阵阵疼痛、破碎、尖叫。
……密如阵雨。秋天深处
有人使劲擂鼓。

4. 白杨

白杨入梦。僵硬的枝条

像灰白的手指

探向水底:那里

有一座深渊般的天空。

5. 鸟

由于长时间关注

窗台上,这只

可怜的鸟,

失去身子,变成一小段木头,或树根。

直到我目光的刻刀,把它重新

雕成一只鸟。

这只鸟

发出

近似木质的声音。

6. 树木和人

在风中,树木和人掩面狂奔;

在雨中:树木更加挺拔、高大,而人屈身逃离。

树木和人的区别,也是人与人的。

7. 蝶翅:想起李叔同

蝶翅打开:一个自由、斑斓的国度。

当它合拢:一座小小的精舍,一个宇宙。

8. 读画

细腰宫妓,
观鸟扑蝉。
鸟飞,
蝉落;曲尽
人散。

9. 下山

满坡风声。满坡白色茅草
凌乱的头发
她裙裾飘飞、脸色潮润
在下山的路上,渴望
遇见一头豹子。

10. 雪夜

荒郊。车子抛锚。
踩着雪,呵着热气。
多么安静啊——
突然就回到了童年
那繁星密布的天空。

11. 怀念

十一月。天气回暖。但那些树叶
再也不能回到枝头。我换上的棉衣,
也不打算脱下。这些,你都知道。

你不知道

我微曲的手指，

在流动的空气中

仍在回忆

你乳房的形状。

12. 惊讶

雪创造一个新世界，就在窗外。

我惊讶地发现：那个人，正把沉重的窗帘拉开。

(2012)

雪夜独步

现在只有雪粒划破空气的声音。
现在一个人面对黑暗和内心。
现在醒着,是一座孤岛。
现在写下诗歌:雪是月光和酒,而夜晚
是起伏的波浪。

(2012)

降 雪

——献给作家杨显惠

措美峰北麓,次仁家的牧场。
次仁的黑帐篷,向晚时分,突然降雪了。

远处的山冈如海涛般起伏。
黑压压的牦牛,聚集在帐篷外的山坡上。

雪落在牦牛背上,落在木桩、卡垫、炒面口袋、
滋滋冒热气的铜壶上。雪落在次仁家的牧场上。

这一晚,次仁和吉毛草
奇怪地梦见了

前些日子住在帐篷的那个汉地老人,以及
远在尕干果村村小上学的两个孩子。

"措美峰刀锋一样的山峰
闪烁着蓝盈盈的亮光。"①

——咦?我们家的牧场哪里去了?!

揉着眼钻出帐篷的吉毛草,大声惊呼。

随后出来的次仁,一脸惶惑——
他们面前,茫茫一片银装世界。

(2012)

----

① 引自杨显惠新著《甘南纪事》。

生长草莓的山谷

像海洋植物般柔软、湿滑、贴地,
允许我的手指在这里阅读和探寻。
在此之前,这是未经整理的荒芜山谷。
在冬天,一匹马逡巡不前,啃着谷口积雪下裸露的草茎。
充满渴意的浆果,从遮蔽处一一现身,找到春天的嘴唇。

(2013)

雨　季

——给人邻

说定了,陪你去玛曲对面的唐克。
看亚洲最美的草原,看雨后河曲
壮丽的日出……
我闲居已久,懒于出门,心中长满蘑菇。
我们搭伴去唐克,是第一次。也可能
是最后一次。
雨季如此漫长,草原上的小路泥泞不堪,
我去屋后林中
砍两根顺手的木杖,趁着晨雾未散。

(2013)

天色暗下来了

天色暗下来了。乌云
低低压迫山脊。
我在山下的屋子,灯光尚未亮起——
那里现在:无人。
我不必急于回到那里去。
我可以继续听着风声,愈来愈疾
掠过身边的草木。
就算天已经完全黑定,下山的路
看不见了,我也想
再逗留一会儿。
我倒不是在等待星群,我只是
有一种
莫名的、难以排遣的伤感。

(2013)

孤　独

知道月亮里面有一扇开向桂树的门。
知道大河奔流受制于一种神秘的自然宗教的驱使。
固执地想把大海写入诗歌,想把一种
人类无法根治的毒素,植入此生。

（2013）

玉 米 地

雪粒在地上滚动。
这是今年的玉米地,剩下空秸秆。
枯干的玉米叶片在风中使劲摔打。
运苞米的马车昨夜轧过薄霜,
留下深深辙痕。

无遮蔽的北方,雪粒
从马背上溅落。
砍倒的玉米秸秆横卧一地。我的棉袄
就扔在秸秆上。我的马,
站在那里,打着响鼻。

我要把砍下的秸秆运回去,
堆放在谷仓旁的场院里。那里
金黄的玉米堆放在架子上,
鸡啄食雪粒,一头大畜生,
用蹄子刨着僵硬的土。

而我正忙着低头装车,没留意身后
搬空的玉米地,早已风雪迷茫。

(2013)

那些年,在桑多河边

下雪的时候,我多半
是在家中,读小说、写诗、或者
给远方回信:
　　　雪,扑向灯笼,扑向窗户玻璃,
　　　扑向墙角堆放的过冬的煤块。
意犹未尽,再补上一句:雪,扑向郊外
　　　一座年久失修的木桥。
在我身后,炉火上的铝壶
噗噗冒着热气。

但有一次,我从镇上喝酒回来,
经过桑多河上的木桥。猛一抬头,
看见自己的家——
河滩上
一座孤零零的小屋,
正被四面八方的雪包围、扑打……

(2014)

一小片树林

一小片树林。
暮色中的,一小片杨树林。
只有朝向河水一侧的叶片还闪着光,
其余部分,渐次沉入灰暗。
我刚从那里散步回来,没走出多远
回头时,原来的路径
已经模糊。树木和树木,
紧靠在一起,没有缝隙
仿佛有更深的黑暗在那里潜伏。
夜色很快统治了这里——
黑暗中的树林,完全是一个闭合的整体
没有一丝光渗出来。它
比四周的黑夜还黑。
它让我觉得陌生,又感到惊讶,
隐约有一丝不安。
如果多给我一点时间,也许
我会等到它慢慢发光,甚至
变得透明。
也许会相反。
但我已经没有时间了。

它是我遇见的

黑暗中沉默的事物。

比沉默还沉默,比黑更黑。

一小片树林,它究竟在抵抗什么?

(2014)

火 车 记

——读《夹边沟纪事》,并致作家杨显惠

空的火车
搬运风中亡灵
火车在跑,悲哀的野花
汹涌地扑向原野尽头……

(2014)

达 宗 湖

没有人知道
达宗湖
没有人牵着马
在群山之中
走三天三夜
夜幕降临,
达宗湖
几乎是透明的
三面雪山,整整一座天空的星星
全倒在湖里
它,盈而不溢
湖边草地
帐篷虚置,空气稀薄,花香袭人
就这样抱膝长坐
就这样不眠不宿
就这样
泪流满面
发着呆。直至天明。牵马
悄悄离开

(2014)

兰州黄河边听雪

终于安静下来了。
可以放下一切,什么都不去想,
不尝试去做。
一棵冬天的树,呼吸。触手处
栏杆冰凉、潮湿。
身旁苇丛,发出窸窸窣窣的声音,
一些不安分的小东西在暗处窜动?
远处建筑……仅余轮廓。
转暗的光线中,我隐隐觉察到
沸腾的雪花下面
河水,正慢慢拱起
它黑色、巨大的脊背。

(2015)

西　北

在我们西北,有帝师、长老、魔法大仙、种桃子的人。
有一天,他们也要老去。胡子越长越长,天塌下来,
　他们也顾不上。

在我们西北,认识一个人。某某,或某某,有名有姓,
有据可考:他来自大槐树下,与你的祖上,三代姻亲。

在我们西北,雪片大如席,人情大如天。一声老乡,
　盘腿上炕。
八百里秦川,比不上董志塬一个边边。

在我们西北,天下之大,一座羊圈。
十八路诸侯,六十四烟尘,一袋旱烟,半晌罐罐茶而
　已。

在我们西北,太阳不叫太阳,叫日头。夸父不叫夸
　父,叫瓜娃子。
山寨叫堡子,皇帝叫爷,再大的葱,没栽过也见过。

在我们西北,不扯虎皮作大旗。有一是一,有二

是二。

老子青牛过函谷、涉流沙；孔子没来过，确确实实，爱
　　谁谁？

在我们西北，大漠孤烟直，长河落日圆。
两个诗人：一个王维，一个李白。

在我们西北，一条路，丝绸之路；一条河，就是黄河。
一座羊圈，叶舟说那是敦煌，爱信不信。

在我们西北，祖国叫家国，先家而后国，保家而卫国。
黄河是母，秦岭为父，赳赳老秦，一息尚存。

在我们西北，血是热的，火是烫的，心是疼的。
冷的冰的是三九天，是说话不算，是喝酒不干。

在我们西北，五谷酿的叫酒，头割下来碗大的疤。
血和雪，声母韵母，分不大清。情和义，朝代更迭，换
　　血买盐。

在我们西北，两个姐妹：生下汉唐、吐蕃、大夏、匈奴
　　和柔然。
三个兄弟：一个叫贺兰，一个叫祁连，一个叫天山。

　　　　　　　　　　　　　　　　　　　　（2015）

桑 珠 寺

桑珠寺供养的神,脸是黑的。
这是长年被香火和油烟浸润、薰染的结果。
崖畔的野杜鹃花瓣缀满露水。槛边
一株丁香树枝条探进雾气。
水声溅响却看不见来路。
我的司机当智,在昏暗灯前
认出表弟。那个穿袈裟的孩子
脸是黑的,鼻尖上面有一点白,但眼神清澈。
他哥俩悄声说话,我在佛堂燃香、点灯。
这里的神
脸是黑的,鼻尖上面有一点白。神的
肩头和袖间,落着几粒鸽子的粪便。
入门看见,几只灰鸽,在廊下空地
跳来跳去。鸽子的眼神,清澈无邪
与那孩子的一般无二。

(2015)

扎尕那女神

万考母亲,是一位隐居乡间的
牛粪艺术家。确认这一点
在一个野菊灿烂、空气凛冽的秋晨。
牛粪在场院摊开,万考母亲,把它们
一坨坨摔粘在石砌的外墙上。
阳光刺眼,藏寨明亮。扎尕那
一幅凸浮神秘图案的墙面,正在接受
逡巡山间的雪豹和莅临秋天的诸神检阅。
万考母亲叉着腰,站在她的作品下面。
全世界的骄傲,集中在
挂满汗珠的前额上。我和万考
起早拜谒涅干达哇山神
从山道下来,远远看见大地上的作品
如此朴素、神秘。
即使自然主义艺术世界的
那些大师,也要为此深深震撼!
而我知道,万考母亲
还是一位附近牛粪的收集者。
她知道在哪里弯下腰,可以捡起
这些藏在乱石和草丛中不起眼的东西。

(2015)

乌鸦笔记

1

北方,睡眠深沉。
乌鸦的巢,筑在
梦与醒的边缘:寒林一带。

2

除非捡根树枝,在雪地上画圈。否则,
乌鸦眼中,你就是一个
荒诞的人。

3

乌鸦蹲在树枝。雪花
静静下落……雪花,总是先经过乌鸦
然后才抵达地面。

4

隐约觉得:一口大锅,煮着乌鸦。
或者一只笨鸟,陷于
漫天雪意之间。

5

呼乌鸦为乌鸦,
其实是从岁月
打捞童年。

6

今年冬上,父亲去了。
我真实的想法:让他带上
一只乌鸦上路。

7

乌鸦不能理解之欢欣,我亦不能。
乌鸦不能理解之哀痛,我稍解之。

8

与一只乌鸦的隐疾对应,
我多年的心病,是不能陪它
一起痛哭。

9

把乌鸦比作一枚碳核。
它的周围:
枯枝返潮,冰雪融化,春水泛滥。

10

可能是一只。也可能
是无数……只要出现,
旺藏一带的黄昏,就降临了。

11

青稞地上盘旋的那只,
与眼前雪地上的这只,是同一只吗?
与那年在夕暮中的桑科草原,把影子
投入河水的那只呢?

12

新嫁娘。当乌鸦出现
在新婚次日早晨夫家的院墙墙头
你要敛首、低眉,在内心作答,
以此攥紧手边的幸福。

13

谈论乌鸦,其实是在谈论
一种风俗。禁忌。火。
一种神秘宗教。

14

夜晚不宜谈论乌鸦。但像这样
在一首诗中,却并无不妥?

15

我不能与一只乌鸦签订条约。

16

没有比一只乌鸦的隐喻
更让人无措的了。它
凭空增加了一本书的重量。

17

在一座大山深处,一直挖下去
会不会拎出一打乌鸦的尸骸?

18

乌鸦翻着白眼。
我袖着手。两者之间,不止
隔着一场雪。

(2016)

我始终对内心保有诗意的人充满敬意

——读詹姆斯·赖特,并致某某兄

雪落甘南。也可能落向羌塘、藏边。
一上午埋首十万道歌,半部残卷。
其间接过一个电话。取下镜片,移步窗前。
我始终对内心保有诗意的人充满敬意。
生活面前,我们还是儿童。还是那只
"在一根松枝上
反复地、上下跳跃的
蓝色松鸡。"
眼前只是街道、泥泞、缓缓驶过的
长途货车。远处,山岗上
白雪半覆茂密的沙棘林。
我始终相信:雪让万物沉寂。
而诗歌,会把我们日益重浊的骨头
变蓝、变轻。

(2016)

点　灯

　　星辰寂灭的高原——

　　一座山坳里黑魆魆的羊圈。
　　一只泊在大河古渡口的敝旧船屋。
　　一扇开凿在寺院背后崖壁上密修者的窗户。
　　一顶山谷底部朝圣者的帐篷……

　　需要一只拈着轻烟的手,把它们
　　一一点亮。

（2016）

河曲马场

仅仅二十年,那些
林间的马,河边的马,雨水中
脊背发光的马,与幼驹一起
在逆光中静静啮食时间的马,
三五成群,长鬃垂向暮晚和
河风的马,远雷一样
从天边滚过的马……一匹也看不见了。
有人说,马在这个时代是彻底没用了,
连牧人都不愿再牧养它们。
而我在想:人不需要的,也许
神还需要!
在天空,在高高的云端,
我看见它们在那里。我可以
把它们
一匹匹牵出来。

(2016)

隆冬:江岔温泉印象

满山泉眼,像一个
急于表达的人,咕噜咕噜冒出的
全是热词,带硫磺味和身体的记忆。
四周群山还在落雪。
只有一座,置于氤氲雾气之中。
一个藏族妇人,背着劈柴,行色匆匆
沿山道赶来——
似乎山体内部,有条通道,曲折幽深
尽头,一座灶台,正熊熊燃烧。

(2016)

草地酒店

漫天雨水不能浇灭青稞地上汹涌的绿焰,
也不能制怒——

乖戾厨娘,揎袖露乳,剁切一堆青椒
如某人频频现身微信平台,
臧否人物抨击世风。

只有檐下一众游客表情沮丧如泥。
只有院中几匹马神态安详,静静伫立。

河水涨至车辆却步。但对面仍有藏人
涉险牵挈马尾泅渡。
何事如此惶迫,不等雨脚消停?

我也有天命之忧,浩茫心事,
但不影响隔着一帘银色珠玑,坐看青山如碧。

(2017)

一座高原在下雪

一座高原在下雪。蓝色
月光下,一匹名叫青藏的灵兽
不断搬运、添加
把世界变成
一张极简主义者洁净的书桌。

一座高原在下雪。绿脸
上师,扑打一双赤足,吟唱那首
名曰"悲惨世界"的道歌:拄着藤杖,
走出岩穴,来到山下
一座人畜共居的村庄。

一座高原在下雪。奶桶倾覆,
藏獒的眼睛,埋藏着一座星宿海。
有人把我从昏沉的梦境中叫醒,
却没有告诉,碉房外面的山坡
一群野雉突然惊飞的原因。

一座高原在下雪。湖泊退守,
高处的鹰陷于盲目。朦胧视野中

牦牛抖动黑色披风,
渐渐隆起、逼近……
一个孩子痊愈,从漫长的热病中站起。

(2017)

一具雕花马鞍

黎明在铜饰的乌巴拉花瓣上凝结露水。
河水暗涨。酒精烧坏的大脑被一缕
冰凉晨风洞穿。
……雕花宛然。凹型鞍槽,光滑细腻——
那上面,曾蒙着一层薄薄的霜雪。
錾花技艺几已失传。
敲铜的手
化作蓝烟。
骑手和骏马,下落不明。
草原的黎明之境:一具雕花马鞍。
一半浸入河水和泥沙;一半
辨认着我。
辨认着我,在古老的析支河边。

(2017)

秋 意

虎的纹身被深度模仿。
虎的缓慢步幅,正在丈量高原黑色国土。
虎不经意的一瞥,让深林洞穴中藏匿的
一堆白色骨殖遭遇电击。
行径之处,野菊、青冈、椴木、
红桦、三角枫……被依次点燃。
当它涉过碧溪,
柔软的腰腹,触及
微凉的水皮。
我暗感心惊,在山下
一座寺院打坐——
克制自己,止息万虑,放弃雄心
随时准备接受
那隐隐迫近的风霜。

(2017)

风雪:美仁草原

好吧,在五月
泛出地表的鹅黄我们姑且称之为春意。
迎面遇见的冷雨亦可勉强命名为雨水。
但使藏獒和健马的颈项一次次弯折
并怯于前行的冰雪呢?

我深信这苍茫视域中斑驳僵硬的荒甸,
就是传说中的"凶手之部"——美仁大草原了。

是在五月。
是在
拉寺囊欠①中的佛爷都想把厚靴中的脚趾头
伸到外面活动活动的五月啊!
我深信这割面砭骨的寒意后面,一定是准备着
一场浩大的夏日盛典——
赛钦花装饰无边的花毯,
斑鸠和雀鸟隐形,四周
散落它们的鸣叫之声。

我深信这苍茫视域中斑驳僵硬的荒甸,

就是传说中的"庇佑之所"——美仁大草原了!

(2017)

----

① 囊欠:藏传佛教活佛的府邸。

弃　婴

偷尝禁果的女子,慌不择路。
暗结珠胎的女子,神情恍惚。
脸色灰青的弃婴者,一念之差招致的暴雪
正在席卷买吾草原。
我是谁?
我何以洞悉并将这一切录入密档,再
深深埋入地下?
逃离时,她是受惊的豹。
返回时,她是疯癫的母兽,踉跄、奔行……
大雪掩埋草原所有的路径——
允许我,
护持这个有罪的人儿
重回当初的崖下,凹陷的石穴。
那儿:一只古老的神雕
正用巨大、褐色的羽翅
庇护着
这个著名的弃婴。
一双贝壳似的小脚丫印,至今仍嵌在
山崖赭红的岩石上。
佛传至七世。时间

过去三百余载。

我,一名老僧,充任书记,籍籍无名。

(2017)

写作的困惑

鹰,已经挥霍了无数墨水。鹰还将敲碎
多少块键盘?
长期的写作中,我有意地回避着它。
因为鹰,我拒绝了天空。
因为鹰,我拒绝了不少于三座天葬台——
那些原本
可以平静死去并顺利转世的人,
不得不继续活着,而且很难
看到希望。
我感到绝望。如果
不改变初衷,将会有更多的人,
屈辱地活在世上。
而一旦放弃,就意味着
那被无数遍书写过的鹰,将被再次书写!

(2017)

我还没在诗中写过一条真正的河流

谙熟河流,不一定将它
纳入一首诗,赋予某种形式。
我在不同时期遇见过不同的河流。
似乎了解越多,就越怯于
谈及它们。也许在某个
私人场合,我们可以聊聊:
一条真正的河,它的上游和下游,
它的两岸,它的那些
来历不明的支流、港汊、漂浮物,以及
发生在它身上和岸边的事情。
更多的时候,我愿意在河边
像石头一样沉默。

(2017)

卸甲寺志补遗

埋下马蹄铁、豹皮囊和废灯盏。
埋下旌旗、鸟骨、甲胄和一场
提前到来的雪。
那个坐领月光、伤重不愈的人，
最后时刻，密令我们把鹰召回，
赶着畜群，摸黑趟过桑多河。

那一年，经幡树立，寺院落成。
那一年，秋日盛大，内心成灰。

(2017)

雨

雨从南海来,岛屿首当其冲。
披头散发的椰树,跑在所有植物前面。
晃荡的椰子果,像鼓凸的乳房,
接受枝状闪电致命的舌吻。
炼狱般的爱,留下深深灼痕。

雨的帷幕垂下,岩礁的肌肉绷紧——
黝黑,闪光,颤栗着
切入动荡不息的大海。
雨的声音盖过海的粗重喘息。

(2017)

在 大 海 边

日落之前,
我一直坐在礁石之上。
墨绿的海水一波波涌起,扑向沙滩、岸礁,
一刻也不曾停息。
椰风和潮汐的声音,栖满双耳。
想起雪落高原风过
松林马匹奔向
荒凉山岗……我闭上了眼睛,
那曾经历的生,不乏奇迹,但远未至
壮阔;必将到来的,充满神秘
却也不会令我产生恐惧、惊怖。
日落之际的大海,
突然之间,变得瑰丽无匹。
随后到来的暮色,又会深深地
掩埋好这一切。
我于此际起身,离开。我的内心
有一种难得的宁静。

(2017)

娜夜诗选

娜夜,1964年出生于辽宁兴城。毕业于南京大学中文系。主要作品有《娜夜诗选》《起风了》《个人简历》《神在我们喜欢的事物里》等。现居重庆。

目次

生活 / 223

现在 / 224

起风了 / 225

飞雪下的教堂 / 226

哪一只手 / 227

母亲 / 228

在这苍茫的人世上 / 229

孤独的丝绸 / 230

幸福 / 232

祈祷 / 234

写作 / 236

恐惧 / 238

酒吧之歌 / 239

手写体 / 240

半个月亮 / 242

从酒吧出来 / 243

望天 / 245

东郊巷 / 247

再写闪电 / 248

个人简历 / 249

母亲的阅读 / 250

西夏王陵 / 252

阳光照旧了世界 / 253

标准 / 255

回答 / 256

睡前书 / 257

青海青海 / 258

省略 / 260

一首诗 / 262

新年的第一首诗 / 263

人民广场 / 265

夜归 / 266

云南的黄昏 / 267

夜晚的请柬 / 268

自由 / 269

喜悦 / 270

没有比书房更好的去处 / 272

合影 / 273

秋天 / 275

向西 / 276

西藏:罗布林卡 / 278

想兰州 / 279

拉萨 / 281

移居重庆 / 282

大雾弥漫 / 283

两地书 / 285

十九楼 / 286

博鳌 / 287

圣彼得大教堂 / 289

大醉 / 291

安居古镇 / 292

这里 / 294

生　活

　　我珍爱过你
　　像小时候珍爱一颗黑糖球
　　舔一口
　　马上用糖纸包上
　　再舔一口
　　舔得越来越慢
　　包得越来越快
　　现在　只剩下我和糖纸了
　　我必须忍住:忧伤

(1997.7)

现　在

我留恋现在
暮色中苍茫的味道
书桌上的白纸
笔
表达的又一次
停顿

危险的诗行
——我渴望某种生活时陡峭的内心

(1997.8)

起 风 了

起风了　我爱你　芦苇
野茫茫的一片
顺着风

在这遥远的地方　不需要
思想
只需要芦苇
顺着风

野茫茫的一片
像我们的爱　没有内容

(1998.3)

飞雪下的教堂

在我的办公桌前　抬起头
就能看见教堂
最古老的肃穆

我整天坐在这张办公桌前
教人们娱乐　玩
告诉他们在哪儿
能玩得更昂贵
更刺激
更二十一世纪
偶尔　也为大多数人
用极小的版面　顺便说一下
旧东西的新玩法

有时候　我会主动抬起头
看一看飞雪下的教堂
它高耸的尖顶
并不传递来自天堂的许多消息
只传达顶尖上的　一点

（1998.3）

哪 一 只 手

这只手直截了当
这只手把每一分钟都当成
最后的时刻
这只手干得干净　漂亮
——气流　风　玻璃的反光
为这只手侧身让路
并帮它稳住了一只瓷瓶

月光在窗外晃来晃去
像是在梦境里搜索
这一只手
是哪一只手？

(1998.11)

母 亲

黄昏。雨点变小
我和母亲在小摊小贩的叫卖声中
相遇
还能源于什么——
母亲将手中最鲜嫩的青菜
放进我的菜篮

母亲!

雨水中最亲密的两滴
在各自飘回自己的生活之前
在白发更白的暮色里
母亲站下来
目送我

像大路目送着她的小路

母亲——

(1998.2)

在这苍茫的人世上

寒冷点燃什么
什么就是篝火

脆弱抓住什么
什么就破碎

女人宽恕什么
什么就是孩子

孩子的错误可以原谅
孩子　可以再错

我爱什么——在这苍茫的人世啊
什么就是我的宝贝

(2000.9)

孤独的丝绸

一只沉寂的蝴蝶
在孤独的丝绸上失眠
——夜　那么长

它看见虚幻的翅膀正在飞翔
飞翔掠过苍茫
看见一些月光在郊外怀旧

被她轰轰烈烈抛弃的
正是她想要的
——当她沉思　两个乳房　很重

它看见风　风吹过就走了
它看见雨　雨下完就停了
——夜　那么长

对应内心的渴望
它看见假花上的那只蜜蜂
不再飞走了
它把尴尬　一直

保持到最后

——"我多想是一片安眠药!"

仿佛一个假如
从丝绸上经过

失眠在飞翔
　　虚幻在飞翔
　　　　飞翔在飞翔
　　　　　　——夜　那么长

(2000.2.5)

幸 福

大雪落着　土地幸福
相爱的人走着
道路幸福

一个老人　用谷粒和网
得到了一只鸟
小鸟也幸福

光秃秃的树　光秃秃的
树叶飞成了蝴蝶
花朵变成了果实
光秃秃地
幸福

一个孩子　我看不见他
——还在母亲的身体里
母亲的笑
多幸福

——吹过雪花的风啊

你要把天下的孩子都吹得漂亮些

(2001.8)

祈　祷

在无限的宇宙中
在灯下
当有人写下:在我生活的这个时代……
哦　上帝
请打开你的字典
赐给他微笑的词　幸运的词

请赐给一个诗人
被他的国家热爱的词
——这多么重要!

甚至羚羊　麋鹿　棕熊
甚至松鼠　乌鸦　蚂蚁
甚至——

请赐给爱情快感这个词
给孩子们:天堂
也给逝者

当他开始回忆

或思想:
在无限的宇宙中
——在我生活的这个时代……
噢　上帝　请赐给他感谢他的祖国
和您的词

（2002.7）

写　作

让我继续这样的写作：
一条殉情的鱼的快乐
是钩给它的疼

继续这样的交谈：
必须靠身体的介入
才能完成话语无力抵达的……

让我继续信赖一只猫的嗅觉：
当它把一些诗从我的书桌上
叼进废纸篓
把另一些
叼回我的书桌上

让我亲吻这句话：
我爱自己流泪时的双唇
因为它说过　我爱你
让我继续

女人的　肉体的　但是诗歌的：

我一面梳妆
一面感恩上苍
那些让我爱着时生出了贞操的爱情

让我继续这样的写作：
"我们是诗人——和贱民们押韵"
——茨维塔耶娃在她的时代
让我说出：
惊人的相似

啊呀——你来　你来
为这些文字压惊
压住纸页的抖

（2003.7）

恐 惧

一个谜……

黑暗中我终于摸到了它隐秘的
线头
却不敢用力去抽

——像麦粒变成种子又变成麦粒 又变成种子……

被一根线头折磨
我陷入了无边无际的茫然和恐惧

(2003.11)

酒 吧 之 歌

我静静地坐着　来的人
静静地
坐着

抽烟
品茶
偶尔　望望窗外
望一望我们置身其中的生活

——我们都没有把它过好！

她是她弹断的那根琴弦
我是自己诗歌里不能发表的一句话

两个女人　静静地　坐着

(2003.12)

手 写 体

翻看旧信
我对每个手写体的你好
都答应了一声
对每个手写体的再见

仿佛真的可以再见——
废弃的铁道边
图书馆的阶梯上
歌声里的山楂树下
在肉体　对爱的
记忆里

"我们都是单翼天使 只有拥抱才能飞翔"

在爱
爱了又爱
在一切的可能和最快之中……

还有谁　会在寂静的灯下
用纸和笔

为爱
写一封情书
写第二封情书……

——"你的这笔字就足以让我倾倒"
你还能对谁这么说?

(2005.8)

半 个 月 亮

爬上来　从一支古老情歌的
低声部
一只倾听的
耳朵

——半个月亮　从现实的麦草垛　日子的低洼处
从收秋人弯向大地的脊梁
内心的篝火堆
爬　上来——

被摘下的秋天它的果实依然挂在枝头！

剩下的半个夜晚——
我的右脸被麦芒划伤　等一下
让我把我的左脸
朝向你

(2006.11)

从酒吧出来

从酒吧出来
我点了一支烟
沿着黄河
一个人
我边走边抽
水向东去
风往北吹
我左脚的错误并没有得到右脚的及时纠正
腰　在飘
我知道
我已经醉了
这一天
我醉得山高水远
忽明忽暗
我以为我还会想起一个人
和其中的宿命
像从前那样
但　没有
一个人
边走边抽

我在想——
肉体比思想更诚实

(2006.9)

望　天

望天
突然感到仰望点什么的美好

仰望一朵云也是好的　在古代
云是农业的大事
在今天的甘肃省定西县以北
仍然是无数个村庄
吃饭的事

而一道闪电
一条彩虹
我在乎它们政治之外的本义

看啊　　那只鸟
多么快
它摆脱悲伤的时间也一定不像人那么长
也不像某段历史那么长

它侧过了风雨
在辽阔的夕光里

而那复杂的风云天象

让我在仰望时祈祷：

一个时代的到来会纠正上一个时代的错误

（2006.12）

东 郊 巷

像这条街厌倦了它的肮脏 贫穷 和冷
弹棉花的厌倦了棉花堆
钉鞋人厌倦了鞋
他们允许自己
停下来一小会儿
幻想一下更广阔的生活——更广阔的
可能……

——比一小会儿更短
那更广阔的
就退缩到眼前
——生存的锥尖上

并允许它再次扎破一双淤血和冻疮的手

(2006.7)

再写闪电

我要写那些等待闪电照亮的人
那些在闪电中奔跑着　用方言呼喊的人——
喊向干渴的麦苗
荒芜的山坡
也喊向自家的水窖
脸盆
茶缸
孩子们灰土的小脸　小手

——湿漉漉的闪电　在甘肃省定西县以北
你预示着的每一滴雨
都是有用的
每一滴
都是一个悲悯这片土地的神

(2007.7)

个人简历

　　使我最终虚度一生的
　　不会是别的
　　是我所受的教育　和再教育

（2007.11）

母亲的阅读

列车上
母亲在阅读
一本从前的书
书中的信仰
是可疑　可笑的
但它是母亲的
是应该尊重
并保持沉默的

我不能纠正和嘲讽母亲的信仰
一代人有一代人的不同
也不为此
低头羞愧

人生转眼百年
想起她在沈阳女子师范时
扮演唐婉的美丽剧照
心里一热

摘下她的老花镜:
郑州到了　我们下去换换空气吧

(2007.2)

西 夏 王 陵

没有什么比黄昏时看着一座坟墓更苍茫的了
时间带来了果实却埋葬了花朵

西夏远了　贺兰山还在
就在眼前
当一个帝王取代了另一个帝王
江山发生了变化？

那是墓碑　也是石头
那是落叶　也是秋风
那是一个王朝　也是一捧黄土

不像箫　像埙——
守灵人的声音喑哑低缓：今年不种松柏了
种芍药
和牡丹

(2008.3)

阳光照旧了世界

弥漫的黄昏与一本合上的书
使我恢复了幽暗的平静

与什么有关　多年前　我尝试着
说出自己
——在那些危险而陡峭的分行里
他们说：这就是诗歌

那个封面上的人——他等我长大……
如今　他已是无边宇宙中不确定的星光
和游走的尘土
哲学对他
已经毫无用处

品尝了众多的词语
曾经背叛
又受到了背叛
这一切　独特又与你们的相同　类似？

阳光照旧了世界

我每天重复在生活里的身体
是一堆时间的灰烬　还是一堆隐秘的篝火

或者 渴望被命名的事物和它的愿望带来
的耻辱?

幽暗中　我又看见了那个适合预言和占卜
的山坡
他是一个人
还是一个神:
你这一生　注定欠自己一个称谓:母亲

（2008.2）

标　准

我手里只有一票
眼前却晃着两个美人
最后一轮了
评委席上
我的耐心和审美疲劳都到了极限
我等她们
换上泳装
或薄纱
再次晃到我眼前
果然
更充分的裸露
使她们的美有了区别
我的一票果断而坚定
不是她的三围比例
是她的身体摆动众人目光时
一种追求毁灭的 气质

(2008.2)

回　答

并没发生什么——

快
与慢
在一张棕色的软椅里　社会学的
床单上

思想的
下一刻

在诗与酒的舌尖上……中间的左右……肉体的
这儿
与那儿

命运的但是　和然而
之前

——在今生

(2009.9)

睡 前 书

我舍不得睡去

我舍不得这音乐　这摇椅　这荡漾的天光

佛教的蓝

我舍不得一个理想主义者

为之倾身的:虚无

这一阵一阵的微风　并不切实的

吹拂　仿佛杭州

仿佛正午的阿姆斯特丹　这一阵一阵的

恍惚

空

事实上

或者假设的:手——

第二个扣子解成需要 过来人

都懂

不懂的　解不开

(2009.10)

青 海 青 海

我们走了
天还在那儿蓝着

鹰　　还在那儿飞着

油菜花还在那儿开着——
藏语大地上摇曳的黄金
佛光里的蜜

记忆还在那儿躺着——
明月几时有
你和我　缺氧　睡袋挨着睡袋

你递来一支沙龙:历史不能假设
我递去一支雪茄:时间不会重来

百年之后
人生的意义还在那儿躺着——

如果人生

有什么意义的话

(2010.10)

省　略

　　　　大地省略了一句问候 仿佛童话
　　　　省略了雪

　　　　在圣·索菲亚大教堂
　　　　谁在祈祷爱情　却省略了永远
　　　　祈求真相　却省略了那背叛的金色号角

　　　　"我想在脸上涂上厚厚的泥巴
　　　　不让人看出我的悲伤……"

　　　　上帝的额角掠过一阵在场的凄凉:唉 你们
　　　　人类
　　　　是啊……我们人类！
　　　　墨镜里　我闭上了眼睛

　　　　你　合上了嘴

　　　　十二月的哈尔滨　白茫茫的
　　　　并没有因为一场沸腾的朗诵　呈现出
　　　　一道叫奇迹的光和它神秘的

预言般的
色彩

(2010.1)

一 首 诗

它在那儿
它一直在那儿
在诗人没写出它之前　在人类黎明的
第一个早晨

而此刻
它选择了我的笔

它选择了忧郁　为少数人写作
以少
和慢
抵达的我

一首诗能干什么
成为谎言本身?

它放弃了谁
和谁　伟大的
或者即将伟大的　而署上了我——孤零零的
名字

(2010.9)

新年的第一首诗

我想写好新年的第一首诗
它是大道
也是歧途

它不是哥特式教堂轰鸣的钟声
是里面的忏悔

仅仅一个足尖　停顿
或者旋转
不会是整个舞台

它怎么可能是谎言的宫殿而不是
真相的砖瓦
和雪霜

它是饥饿
也是打着饱嗝的　涉及灵魂时
都带着肉体

是我驯养的　缺少野性和蛮力

像我的某种坐姿

装满水的筛子……

(2011.1)

人民广场

　　我喜欢草地上那些被奔跑脱掉的小凉鞋
　　直接踩着春天的小脚丫　　不远处
　　含笑着的年轻母亲
　　饱满多汁
　　比云朵更柔软
　　比短暂的爱情更心满意足
　　她们又笑了
　　哦上帝　　我喜欢人类在灿烂的日光下
　　秘密而快乐地繁衍生息……

　　——母亲和孩子　　多像人民广场

(2011.4)

夜　归

你带来政治和一身冷汗

嘴上颤抖的香烟　你带来漆黑
空荡的大街

鸽子的梦话:有时候　瞬间的细节就是事情的全部!

被雨淋湿的风
几根潮湿的火柴　你带来人类对爱的一致渴望

你带来你的肉体……

它多么疲惫
在她卧室的床上

(2011.5)

云南的黄昏

云南的黄昏
我们并没谈起诗歌
夜晚也没交换所谓的苦难
两个女人
都不是母亲
我们谈论星空和康德
特蕾莎修女和心脏内科
谈论无神论者迷信的晚年
一些事物的美在于它的阴影
另一个角度:没有孩子使我们得以完整

(2012.3)

夜晚的请柬

吹进书房的风　偶尔的
鸟鸣　一种花朵
果实般的香气
晾衣架上优雅而内敛的私人生活
和它午后的水滴
对爬上楼梯的波浪的想象……
下一首诗的可能
或者钢琴上的巴赫
勃拉姆斯　她习惯了向右倾斜
偶尔在黑键上打滑的小手指
米兰·昆德拉的 轻
夜晚的请柬上：世界美如斯

(2012.6)

自 由

为自由成为自由落体的
当然可以是一顶帽子

它代替了一个头颅
怎样的思想?

像海水舔着岸
理想主义者的舌尖舔着泪水里的盐

"他再次站在了
高大坚实的墙壁和与之
相撞的鸡蛋之间……"

——你对我说　就像闪电对天空说
档案对档案馆说

牛对牛皮纸说

(2012.4)

喜 悦

这古老的火焰多么值得信赖
这些有根带泥的土豆 白菜
这馒头上的热气
萝卜上的霜

在它们中间　我不再是自己的
陌生人　生活也不在别处

我体验着佛经上说的:喜悦

围裙上的向日葵爱情般扭转着我的身体:
老太阳　你好吗?

像农耕时代一样好?
一缕炊烟的伤感涌出了谁的眼眶

老太阳　我不爱一个猛烈加速的时代
这些与世界接轨的房间……

朝露与汗水与呼啸山风的回声——我爱

一间农耕气息的厨房　和它
黄昏时的空酒瓶

小板凳上的我

（2012.5）

没有比书房更好的去处

没有比书房更好的去处

猫咪享受着午睡
我享受着阅读带来的停顿

和书房里渐渐老去的人生!

有时候　我也会读一本自己的书
都留在了纸上……

一些光留在了它的阴影里
另一些在它照亮的事物里

纸和笔
陡峭的内心与黎明前的霜……回答的
勇气
——只有这些时刻才是有价值的!

我最好的诗篇都来自冬天的北方
最爱的人来自想象

(2012.6)

合 影

不是你！是你身体里消失的少年在搂着我
是他白衬衫下那颗骄傲而纯洁的心
写在日记里的爱情
掉在图书馆阶梯上的书

在搂着我！是波罗的海弥漫的蔚蓝和波涛
被雨淋湿的落日　无顶教堂
隐秘的钟声

和祈祷……是我日渐衰竭的想象力所能企及的
那些美好事物的神圣之光

当我叹息　甚至是你身体里
拒绝来到这个世界的婴儿
他的哭声
——对生和死的双重蔑视
在搂着我

——这里　这叫做人世间的地方
孤独的人类

相互买卖
彼此忏悔
肉体的亲密并未使他们的精神相爱

这就是你写诗的理由？一切艺术的
源头……仿佛时间恢复了它的记忆
我看见我闭上的眼睛里
有一滴大海
在流淌

是它的波澜在搂着我！不是你
我拒绝的是这个时代
不是你和我

"无论我们谁先离开这个世界
对方都要写一首悼亡诗"

听我说：我来到这个世界就是为了向自己道歉的！

(2012.10)

秋　天

一阵猛烈的风
秋天抖动了一下
那么多石榴落下来
寂静在山岗的哑孩子 奔跑着
欢乐的衣衫鼓荡着风　他又看见树下的另一些……

这是我多么愿意写下去的一首诗——

秋天的大地上:那么多猛烈的风幸福的事　那么多
　　奔跑的孩子
红石榴

(2012.8)

向 西

唯有沙枣花认出我
唯有稻草人视我为蹦跳的麻雀　花蝴蝶

高大的白杨树我又看见了笔直的风
哗哗翻动的阳光　要我和它谈谈诗人

当我省略了无用和贫穷　也就省略了光荣
雪在地上变成了水

天若有情天亦老 向西
唯有你被我称之为:生活

唯有你辽阔的贫瘠与荒凉真正拥有过我
身体的海市蜃楼　唯有你!

当我离开
这世上多出一个孤儿

唯有骆驼刺和芨芨草获得了沙漠忠诚的福报

唯有大块大块低垂着向西的云朵

继续向西

(2012.7)

西藏:罗布林卡

它是我来世起给女儿的名字:罗布林卡
它是我来世起给女儿和儿子的名字:罗布和林卡

它是我来世想起今生时的两行泪:罗布……林卡

(2013.6)

想 兰 州

想兰州
边走边想
一起写诗的朋友

想我们年轻时的酒量　热血　高原之上
那被时间之光擦亮的:庄重的欢乐
经久不息

痛苦是一只向天空解释着大地的鹰
保持一颗为美忧伤的心

入城的羊群
低矮的灯火

那颗让我写出了生活的黑糖球
想兰州

陪都　借你一段历史问候阳飏　人邻

重庆　借你一程风雨问候古马　叶舟
阿信　你在甘南还好吗!

谁在大雾中面朝故乡
谁就披着闪电越走越慢　老泪纵横

(2013.12)

拉 萨

风云的变幻慢了下来
一个无神论者在神的土地上

我缄默
不敢妄言

遗失了肉体只有魂灵
我独自一人坐在布达拉宫广场

控制着那难以控制的……又独自一人
回到拉萨社会主义学院

拉萨在雨中
闪电在雷声里

像一首诗不被允许的部分
我心中还有另一个拉萨

神在祈祷
鱼和鹰独立飞翔

(2013.7)

移居重庆

越来越远……

好吧重庆
让我干燥的皮肤爱上你的潮湿
我习惯了荒凉与风沙的眼睛习惯你的青山绿水 法
 国梧桐
银杏树
你突然的电闪雷鸣
滴水的喧嚣
与起伏的平静
历史在这里高一脚低一脚的命运——它和我们人类
都没有明天的经验
和你大雾弥漫
天地混沌时
我抱紧双肩茫然四顾的自言自语：越来越远啊……

(2013.6)

大 雾 弥 漫

我又开始写诗　但我不知道
为什么

你好：大雾弥漫！
世界已经消失　你的痛苦有了形状

请进请参与我突如其来的写作
请见证：灵感和高潮一样不能持久

接下来是技艺　而如今
你的人生因谁的离去少了一个重要的词

你挑选剩下的：　厨房的炉火
晾衣架上的风　被悲伤修改了时间的挂钟

上个世纪的手写体：……

人间被迫熄灭的
天堂的烟灰缸旁可以继续？我做梦

它有着人类子宫温暖的形状
将不辞而别的死再次孕育成生

教堂已经露出了它的尖顶：
死亡使所有的痛苦都飞离了他的肉体

所有的……深怀尊严
他默然前行

一只被隐喻的蜘蛛
默默织着它的网　它在修补一场过去的大风

(2014.5)

两 地 书

活着的人 没有谁比我更早梦见你
你对我说……
你对我说……

你的死对我说……恍若:
来世……致敬:
今生!

(2014.4)

十 九 楼

一根丝瓜藤从邻居的阳台向她午后的空虚伸来
它已经攀过铁条间的隔离带
抓紧了可靠的墙壁
二十一世纪　植物们依然保持着大自然赋予的美妙
　热情
而人心板结
荒漠化
厌世者也厌倦了自己
和生活教会她的……
她俯身接住一根丝瓜藤带来的雨珠和黄昏时
有些哽咽：
你反对的
就是我反对的

(2014.11)

博 鳌

博鳌是私人游艇的
也是百姓渔船的

但归根结底是百姓渔船的
无产阶级是社会的主体

用一只胳膊拥抱我们的友人
用意念解开他胸前的纽扣:

"我脱下的不是一件外衣
是我失去的那只手臂撕下我的皮"

大海风平浪静
晃动着一个叫私人游艇的火柴盒

他把方向盘交给这个时代的波澜
时而交给大海的惯性

更多的火柴盒　成功者　浮出水面的精英
毛发一律向后飞扬:

"我的谎言是纯净的
不掺和一丝真相"

精英意味着一个时代的方向
谁是后天的被告?

我习惯百度的右手像鼠标点击着空气
美好时代是由什么构成的

我的海上问题将在岸上结束
在友人花园的宽大摇椅里消失

人类对自己的审判　以及达利笔下
那块软体表　都有着滑稽像

(2014.5)

圣彼得大教堂

宗教是古老的
教堂应该又老又旧
我这么想着
在圣彼得大教堂辉煌的穹顶下
在时差和颈椎增生中晕眩
不能自持

感谢上帝将我一把扶住
辉煌的穹顶下
我及时给了圣彼得大教堂一个无信仰的笑
给永恒的气味
天花板上的中世纪

给圣彼得手上那两把通向天堂的金钥匙
他右边的格林威治时间

有人正在为国家哭泣
有人为一只生病的金鱼

十字架上的耶稣　他受难

他多么美
漩涡般的眼睛深陷
世人向外流出的泪
他向内流淌

打扫祭坛的老妇人佝偻着
她手里的小铁铲钟摆般平静　准确
不会惊扰谁的忏悔
谁最卑微的祈祷

梵蒂冈的黄昏
月亮从忏悔席升上天际

大　醉

荔枝树下
大醉
你自诩贵妃
去了一趟唐朝
那些荔枝树偷偷去了马嵬坡
一夜悲情
果实落尽
重又把自己种进泥土

(2015.5)

安居古镇

穿长衫的说书人
说着光绪年间的风

说到戊戌变法时声音低了下去
抬起头他问：今昔何年？

一滴冷汗
几只无所谓江山只想多活一日的蝉鸣

几个糖人儿
青石板上布鞋永远跟在皮鞋后面的回声远了

旧木窗 他望着生活的脸多么委屈
黝黑的意志像发青的眼窝塌陷

强硬的生活又善待过谁呢！
它拆开我们 并不负责装上

诗可以停在这里　也可以继续
解读四千年前安居的本意：

几棵野菜 一篓小鱼
哗啦啦 滚铁环的孩子把落日推到了天边

阁楼或客栈 或者茶肆 笑盈盈的娘子身子一斜
月亮就从大安溪打捞起自己

挂上波仑寺的飞檐

(2015.6)

这 里

没弄丢过我的小人书
没补过我的自行车胎
没给过我一张青春期的小纸条
没缝合过我熟得开裂的身体……这里
我对着灰蒙蒙的天空发呆 上面
什么都没有 什么都没有的天空
鹰会突然害怕起来 低下头
有时我想哭 我想念高原之上搬动着巨石般
大块云朵的天空 强烈的紫外光
烘烤着敦煌的太阳 也烘烤着辽阔的贫瘠与荒凉
我想念它的贫瘠!
我想念它的荒凉!
我又梦见了那只鹰当我梦见它
它就低下翅膀 驮起我坠入深渊的噩梦
向上飞翔它就驮着我颤抖的尖叫
飞在平坦的天上——当我
梦见他!
这个城市不是我的呓语 冷汗 乳腺增生
镜片上的雾也不是 它渐渐发白的
黎明 从未看见我将手中沉默的烟灰

弹进一张说谎的

嘴——它有着麦克风的形状

而我更愿意想起：一朵朵喇叭花的山岗

和怀抱小羊的卓玛

神的微笑

在继续……那一天

我醉得江山动摇　那一天的草原

心中只有牛羊　躺在它怀里

我伸出舌头舔着天上的星星：

在愿望还可以成为现实的古代……

黎明的视网膜上

一块又似烙铁的疤

当它开始愈合　多么痒

它反复提醒着一个现场：人生如梦！

你又能和谁相拥而泣

汉娜·阿伦特将一场道德审判变成了一堂哲学课

将她自己遗忘成一把倾听的椅子

人类忘记疼痛只需九秒钟

比一只企鹅更短！

那颤抖的

已经停下

永不再来

只有遗忘的人生才能继续……这里

我栽种骆驼刺　芨芨草　栽种故乡这个词

抓起弥漫的雨雾

一把给阳关

一把被大风吹向河西走廊
而此刻　我疲倦于这漫长的
永无休止的热浪　和每天被它白白消耗掉的身体
　的激情

（2015.1—2015.7.16）

人邻诗选

人邻，1958年出生，祖籍河南洛阳。主要作品有《白纸上的风景》《最后的美》《晚安》《闲情偶拾》《桑麻之野》《找食儿》等。现居兰州。

目次

旅次／301

荒草／302

雨夜传来的声音／303

如今我老了／304

山中饮茶／305

回忆／306

羊皮卷上的祈祷词／308

我究竟感到了什么／316

草原之夜／317

田鼠／318

夜幕下的梨园／319

正午拍摄的／320

时光／321

鱼、土豆、无花果和清泉水／322

幸福的厨房／323

山隅之旅／324

果子四题／325

薄纸上的字迹／328

白菜／329

夜色里悄然吃草的马／330

蟋蟀／331

阳光明媚／332

一小截指骨／333

记忆与芬芳／334

勤劳的阳光下／335

晚安／336

墓志铭／338

牧谿的《六个柿子》／339

臭橘寺／341

正月十五雪打灯／342

笔架山农家院，大雪中的清晨／343

榴莲／344

雄木瓜／345

猫／347

双手合十的豆荚／349

在地道里拧螺丝的人／350

"一任光影和肌肉玩耍"／351

黄昏伏案中,想起病中的亲
  人 / 352
镜子 / 353
山林蛰居 / 354
无用之人 / 356
祈求 / 357
寺里的树 / 358
客居 / 359
盐少许 / 360
今夜以后 / 361
释迦 / 362
老琴师 / 364
蝎子 / 366
应许 / 367
旧筷子 / 368

夏日街景 / 369
孤独的味道 / 370
蜥蜴 / 372
夜深时分 / 374
汽车到站 / 375
法雨寺的傍晚 / 376
一粒米寺 / 377
割草 / 378
旱獭 / 379
古琴 / 380
深夜之读 / 381
想象的坚果 / 382
稻草 / 383
雨中上坟 / 384

旅　次

窗边,想些什么,天色就暗了下来。

风偶尔的一吹,暮色忽然,又黑了一些时候。

(1998)

荒　草

把山坡上的荒草,那被
秋风加重的荒草
按在纸上。

我需要这荒草,
我需要能静静地按住这荒草的时间。

我要按住,
直到它们杂乱、突起,
怎么也无法止住它们
深秋里骇人的遍地荒芜。

（1998）

雨夜传来的声音

那是唯一的声音,
我深知的声音,羞涩,美满。

我没有睡意,
我还在等待更大的雨,
等待充沛的闪电,粗野地
裂开整个雨夜和大块的泥土。

那声音,于我还是孩子一样的,
让过来的人为他们合十祝福吧。
这卑微的幸福,实在太小,
但已经足够他们今夜悲哀地享用。

(1999)

如今我老了

如今我老了,仿佛
又和孩童时候一样,
要依偎着母亲的温热乳房
才能安然入睡。

我现在只是静静地
像孩子一样顺从,
要依偎着一个女人的乳房才能安睡。
只是那个美好的女人,
我至今还没有偶然遇上。

(2001)

山中饮茶

雨没落下来,
可林荫下的草地
愈来愈湿了
——我们是在树下饮茶。

草地积蓄着,愈来愈湿,愈厚。
暴力一样的潮湿在等
那些阴云
终于含不住
愈来愈沉的雨水。

我们在喝茶,
但已经不能宁静下来。
我们只是试图要宁静。
我们的茶杯里似乎已经是阴凉的雨水。

(2002)

回 忆

并没有全都过去,
你似乎刚刚拉上窗帘,
宁静地看着我,
褪出你全部的柔嫩身体。

灰色的窗帘,蒙蒙的
一些微光笼罩着
你洁白的身体,
些许的黑色春草。

我记得你身体的凉,
凉下来的小小骨骼,
陡然上升于空气。
头发不是很黑,但是干净,柔顺。
小小的赤着的脚
立在冰冷的水泥地上,微微的温度。

我惊讶,我忘了。
而你说,你不是在信上说
想看看我的身体。这是我的身体,

你看吧,趁着还是夏天。
不过它已经凋零了许多,
已经不是最初的风味。

(2002)

羊皮卷上的祈祷词

愿世人背弃的
才属于我；
愿世人背弃的你，
赐我悲悯之美。

因我也是柔弱之人，
虽忍受伤害
而不为自己辩白；
因我也是有罪、狭隘之人。

* * *

今夜,我只带一根草绳出门；
今夜,我只带够用一个夜晚的柴草回来。

只有你知道
我能度过寒冷,并不是完全靠火的温暖。

* * *

那蒙受一粒爱的豌豆
而含泪源源感激的人,

怎么可能会是你呢?!

那蒙受一粒盐的滋味
而含泪源源感激的人,
怎么可能会是我呢?!

* * *

凛冽的风吹过,
留下纯青火焰
才可以触及的削瘦黑铁。

而只有爱的时间紧紧抓住,
才可以让我品尝得很久啊。

* * *

我的爱,使我
要坐下来,才能向你沉甸甸地望过去。

我知道没有水的时候
借助月光
也能洗净。

但要借助你,我的爱人,
我才能
整夜颤栗不安。

＊ ＊ ＊

给忧伤的我另一种时间吧!
比如:到这些湿润的树枝干枯的时候;
比如:要一直到你的心
因为爱而柔弱得难以自持。

花的枝条
总是从她最为柔弱的一节
折弯的啊。

＊ ＊ ＊

请赐予我光芒。
眼睛光芒,
耳朵光芒,
鼻子光芒,
你每一寸令人痛苦的光芒。

我知道,爱是由三百粒沙组成,
而只是黎明和黄昏的那一粒才真正温柔。

＊ ＊ ＊

你的湖水,
十年那么长,百年那么长。
可是我,我只是两个膝盖在尘世间
挪动的一点尘土。

* * *

因为爱
恨出奇地温柔啊
这也许就是我此刻难过的理由。

* * *

我是坐着的人啊,因此才更要向
那些汗流满面的帮扶骡马的旅人,依次问好;

我是坐着的人啊,因此才更要向
走着来爱我的女人,依次问好。

* * *

谁比谁
更慈悲。

当你的手
指向暗中移动的天穹,
那些星星,因孤独的明亮而充盈着痛苦。

* * *

你当爱你身边的那个女人。
神说,你不要从她身上逾越过去。

神说,真正的爱

要呼唤着彼此的名字,把门关好。
要呼唤着彼此的名字,把灯吹灭。
要呼唤着彼此的名字,把温暖掖好。
要呼唤着彼此的名字,把生与死都掖好。

  * * *

谁是那暗中慕恋的人
右手期翼而左手不停地颤栗
潸然泪下的人?
但那个人是幸福的。

那个能忍受到底的人是幸福的;
那平白无辜忍辱到底的人是幸福的;
而那心存感激忍受落泪的人更是幸福的。

  * * *

爱是弯曲的。
那会顺着女人肋骨一样的弯曲
而爱着的人
才是会爱的人、满足的人。

那最值得爱的肋骨,
最弯曲。

  * * *

爱的人们啊

请隔一日再爱吧。
请在厌烦之前
先隔一日吧。
请在厌烦之前,重复三遍,
再重复三遍。

* * *

从你,我知道爱真的没有了,
虽然爱的气味还残存在空气里。

你曾经临近我:说你爱我!
我说:我不知道。
你抱着我,紧紧抱着我,说你爱我。
我说:我不知道。
你再一次抱着我,紧紧抱着,又松开我说
说你爱我。
我说:我真的不知道。

* * *

果园里,最普通的是苹果。
在世上,最多的是平凡的女人。
这世上最多的甜最多的温暖
是来自那些平凡的女人啊。

* * *

女人啊,是那么多的男人

让这个世界不只是稍稍往右
也温柔地稍稍向左。

*　*　*

那我爱的人
我还不能告诉她。
那个女人,
我不曾表白的女人
你在我一侧弥留时,
最后一个爱的姿势,依旧是
那么美,湿润和诱惑。

*　*　*

我曾满足,
再次满足。
但仍需要你。

*　*　*

我这脆弱的人,
谁是我一生的虚无栏杆,
谁是我最后的孤独玻璃灯盏?

*　*　*

那些爱太沉,
别让我在末日背着。

可还是让我背着吧

别让我轻飘飘、没有分量地逃离人世。

＊　＊　＊

尘世的爱，

什么也不要问，

赶快来吧！

尘世耽搁的

只有尘世才能弥补。

（2003—2004）

我究竟感到了什么

我的手
——倏地停下。
正在死去的那只小虫,
几十只毛茸茸的爪子,
散发着死亡的力量。

它还没有死去,
也没有完全活着。
这濒临死亡的逼真气味,
让我的内心有几分奇怪的阴郁满足。
而让我死死地盯着它
忘了满地阳光。

(2006)

草 原 之 夜

夜,又美又宁静。
身旁的那个女人,又美又宁静。
星斗满天,我在草原上舍不得睡去,
甚至舍不得遮上薄薄的窗帘。

我甚至舍不得叫醒那个
静静地睡在我身边的年轻女人。
夜真的又美又宁静。
似乎谁醒着,草原就是谁的。

(2007)

田　鼠

满地菜叶,大雪封住。
褐色的泥土,更是早已深深冻透。
我看不出那些菜叶,
是甜菜?抑或是别的什么?

冬贮的,已经运走。
留下这些,是给辛勤的田鼠。
遗弃的菜叶之间忙碌的田鼠,
让我知道,它们和人类的生活,并无区别。

紧紧裹着灰色毛皮的田鼠,
爪子粉红,肚子湿冷。
刚刚掠过的火车阴影,让偶尔抬起头的
那一只,有几分茫然。

(2007)

夜幕下的梨园

满园沉甸甸的。
夜幕降临之后,
什么也看不见,
只有窗外灯光照着的那几根
半遮半掩的枝条。

穿行的小径,
不知去向。
偶尔有蟾蜍的叫声。
果园里,满是蟾蜍
和梨子的潮湿气息。

可我知道那些更远处的梨子,
越是看不见它们,
它们就越沉,越有静默的力气。

(2007)

正午拍摄的

灼热中颤抖,熔化
——逆着一根针,看正午迷幻的亮。

不能再动!
炽烈的针尖逆着阳光
已经刺入了整个
因为炫亮而近乎谵妄的正午。

(2008)

时　光

也许,时光就是用来虚度的。

行各样的路,看山水苍茫蜿蜒,
也有些时光,一盏清茶,
听帘外黄叶悠然落。
顺着时光慢慢回味,
一生就那么过去了。

佛说,苦海无边;
虽然佛没有说,时光就是摆渡。

(2008)

鱼、土豆、无花果和清泉水

为什么没有人,一生一世
仅仅吃一种东西:
比如单一地吃鱼,
或者是土豆。
假如是一个女孩,比如
她愿意一辈子吃无花果,
一辈子都这样,
满身甜蜜、馨香。

这样的人,单纯地相安于一条鱼,
几个土豆,一抔无花果,清泉。
甚至,我希望能有一个
只饮清泉的人。
以至于他们可以有这样的命名:
吃鱼的人,吃土豆的人,吃无花果的人,
喝泉水的人——这些洁净得
令人感动,也叫人微微有些难过的人……

(2008)

幸福的厨房

厨房,要有矮桌、小凳,
老式温馨的那种,红漆斑驳。
火炉才加了炭,外面飘一点雪,
笸箩里有馒头,瓦罐里滚着米粥。

火炉上熬着米粥,我们触膝而坐,
欢欢喜喜说着什么的时候,忽然米香四溢。
它让我们感觉——真的是饿了,
那么饿,又幸福又饿,又饿又幸福。

(2008)

山嵎之旅

天黑得早。
木屋背后,远处,听不清是什么动物。
冷意索索的纸窗外,"嗡"地一下,
"嗡"地又一下,
那么好听,那么有生气。
我猜想那该是一只漂亮的野雄蜂。

木屋背后,那边,据说
植被茂密杂乱,遮天阴地,山路崎岖,
好多年都没有人去过了。

是呀,好些年都没有人去过了,
更遑论一个旅人。

(2008)

果子四题

1. 冻透了的苹果

沿着小小水分子,悄然冻透了。
严寒才是一切的终极。

此刻,我要认真理会的是苹果内里
已经棕黑、晶莹的部分,
那些冰凌怎样
逼住了果糖!
它的疼痛——
碎玻璃一样的透明疼痛。

我看到了它的隐忍,
看到它
缓缓地、疼痛地
终于彻底……放弃了……自己。

2. 小野果

它还是
未熟的。

它的筋节未开,

还需要一点秋风,一点醇厚阳光。

它的果皮上是薄薄甜霜,

果核浅褐,新鲜,籽粒油润。

它的果肉生脆,

它还没有把自己彻底酿透。

它还不知道自己究竟有多甜。

它还不知道爱的,不会爱的,

不知道怎么爱的,

把自己抱得那么紧、那么圆去爱的。

不知道怎么疼着、疼着,就爱了的。

3.李子紫红

李子——

它的内部,一定是热的。

如此结实的李子,

饱含了七十二秘密。

它的核如此小,如此狭小,

如同一个女人幽暗深藏的狭窄殷红。

这近乎铁色的水果,

只是在很少的日子,才出现。

它深深密闭的、不透气的紫红,
和深紫色,铁色。
它的厚厚的果肉,真的是如此结实。

——它的核,是如此之小。
如此之紧密、可爱。

4. 黑布李

这李子,硕大之一种。
沉甸甸的浑圆,只略微轻盈于
它自身那根暧昧的凹线。
这黑紫色的线
如此暗香饱满,野蛮而饱满。

也有点神秘,而令人不安的是
它更深的红,血红,黑红。
而它浅肉色的核
沉迷于它自身的更深果肉,而难以自拔。

(2008)

薄纸上的字迹

晨光,透亮。
我手里的薄纸上草草写着的
"夜里,我们看不见大地",
还有"那堆在田间的
眠睡着的麦秸垛"
也是透亮的。

透亮的字迹,还有我昨晚
为列车上那个临铺的男人写下的
"那个即将失明的人
在低头想些什么?"

晨光让这些
我偶然记下来的字迹,格外清晰。
我只是奇怪,只是感慨,
照着"失明"那两个字的阳光,
为什么更亮?

(2008)

白　菜

冷的时候,大堆的白菜,
已经给村民们运了回去。
就是这些白菜,
寻常的大堆的白菜,
要陪伴着一家人,在这偏远地方
过完这个冬天。

默不出声的男人,围着头巾的女人,
像往年一样,甚至所有的动作也都一样。
——就在他们推开大门
进入院子的一刻,
我恍惚觉得,这一切似乎还是去年。

(2008)

夜色里悄然吃草的马

不远处,一匹夜色里的马,
奇怪地沉,也奇怪地轻柔。
我看见它,
只是凭藉着马的大致轮廓。

马并没有因为
我的到来,
而停下来。
它甚至看都不看一眼。
马垂下它柔韧修长的颈项,
咬住一撮草,用力,
那一撮饱含汁液的青草断裂的声音
是水的,也含着泥土。

我注视那匹马很久,
直到夜的露水下来,"呀"地一声凉了。
我奇怪的是
听见了青草断裂的声音,
却一直没有听到马的有力的呼吸。

(2008)

蟋　蟀

似乎是专门为了这个月夜,
洁白的石头上,
它的身姿,精心准备了。

不知道它生在
什么地方,它只是想着,
该有一个地方
可以优美地死去,可以不朽。
它要顺着晶莹月光,顺着,一声不出。

它迷恋月光,
一点一点把它的小身体、小骨头浸透。
迷恋月光让它小小的轮廓完整,
半透明的,小小化石一样。

(2008)

阳 光 明 媚

这儿
生气十足的哗哗阳光,神喜欢。
一切阳光下的,神都喜欢。
甚至是那些自由的马,其中的一匹
胯间"哗哗"的撒尿声。

以至于草地上的爱,阳光下的爱,
都不必遮拦,神都喜欢。
只是,神说:阳光刺眼。
神的意思是说,是叫偶尔路过的人,
那一会儿,都稍稍幸福地闭一下眼睛。

闭一下眼睛,神也是喜欢的。

(2009)

一小截指骨

草地,偶然看到一小截骨头——
一截指骨?
一小截灰白的,无名指?

灰白、有些皲裂的指骨,
因为什么,遗落在这里。
虽然,神的青草是慈悲的。

我沉默、注视的那一刻,
它好像、好像轻轻地动了一下。

(2009)

记忆与芬芳

晶莹的水果籽粒,青青木瓜香,
体香氤氲的美妙小动物,
明媚月光中
教我嗅过四种晕眩的香水。

裸着的芬芳,点染杳杳星光,
以至于我愿意就那么迷睡过去,
在你荡漾着青涩与暧昧,
爱恋、饥渴的暗香里,有如微微中毒。

(2009)

勤劳的阳光下

过来,过去,匆忙忙的
一地蚂蚁,
其中一只和另一只,
亲热热地碰碰头,
小声,说了句什么。

蹲在地上,我看了很久。
蚂蚁在忙些什么?
尤其是那几只
两手空空的蚂蚁,
它们领受了
什么样的使命?

而令我感动的是一只挪动麦粒的蚂蚁,
突然停下来——抬头,
真的是抬头,看了看我的脸。
啊!温暖暖地看了我一眼。

(2009)

晚　安

夕照很美,之后是月亮很美。
透过帘子,月色细细落下来,
如纤细温暖的笔迹:晚安……

不用别的方式,也不在纸上,
只是低低一声:晚安。
低低的,别给人听见,
听见了,不好,
听见了,就不是两个人的晚安。

月圆时候,也会仰望着月亮,
望一会儿,再望一会儿,默念着:晚安。
可是真的别听见,谁也别听见了那一声。
默念着,默念着,忽然为自己感动,
为自己已经那么老了,
还会那么念着、爱着,热着。

那么老了,
心里还能那么暖着,多好;
头发都灰白了,

还能热热地爱着,多好。

晚安……

(2012)

墓 志 铭

我一生都试图站得笔直,
但都没有站好。
此刻,我还是宁静躺下,安歇,
和大地平行,一起
望着天上的流云,
继续带走我再也不能随行的……

(2012)

牧谿的《六个柿子》①

水墨那味儿,
笃实的几只,
还有淡墨,近乎无墨,皮薄而汁肉饱满的
两只柿子,
是颇可以佐酒,亦可佐茶的。

玄妙的是
隶书味儿的叶柄。
那干硬的焦墨一样的叶柄,
是更有味儿的。

无色,
这也才是——僧人即柿子,
柿子也即僧人呀。
僧人,本无色。

霜降了,涩涩的味儿,薄薄染上了,
也是僧人的味儿。
淡,可是不孤寂。

僧人,本无孤寂啊。

(2012)

----

① 牧谿:宋末元初禅僧。元吴太素《松斋梅谱》记载:"僧法常,蜀人,号牧谿。喜画龙虎、猿鹤、禽鸟、山水、树石、人物,不曾设色。多用蔗渣草结,又皆随笔点墨而成,意思简当,不费妆缀。"《六柿图》现存日本大德寺龙光院。

臭 橘 寺[①]

寺外,有橘?
寺内,有橘?

他嗅不到,他
只是觉得
橘林里一定有橘子腐败、风干了的味儿,
僧人的味儿,
木鱼敲响风干了的橘子的味儿,
万物归一的味儿。

他暗想,窃笑,不说:
那是无用的橘,和更加无用的僧人。

更加无用的僧人,
他在想,这一句话,无用,可是真好。

(2012)

[①] 臭橘寺:森鸥外小说《雁》有臭橘寺,因寺名浮想写之。

正月十五雪打灯

疾疾的雪,打着
满街的红灯笼,
染了雪的红灯笼。
夜,就要安歇下来了,
可雪依旧是疾疾的,急切切的。

两个踏雪观灯的人,慢慢走,
说着什么,一会儿,就白了头。
呀!真的是,一会儿就白了头
——似乎一生,就那么温暖暖地过去了。

(2013)

笔架山农家院,大雪中的清晨

空气冷冽、清新,谦卑地透着丰收。
院墙下整垛的白菜,
一层层包裹着绿叶的白菜,
每一棵都那么气定神闲。

这沉甸甸的白菜,
根须上粘满了美好泥土的它们
如此的气定神闲,
实在配得上这个初冬,
配得上这一场厚厚的大雪。

(2013)

榴　莲

她熟稔地
剥下黏黏一瓣。
如此的味道,发酵的,
几乎是臭了的气味,让人鼻息一紧。

而她眯住了眼睛,一再回味。
她沉迷,沉鱼那样,落雁那样,
在爱欲中沉迷那样,
在暗暗涌动的诡谲浪波里,只微微挣扎一下,
旋即更深地……放任了。

那么美艳,美而贱,因这味儿发贱,
而少了一些儿羞耻的矜持。

(2013)

雄 木 瓜

切开的时候,
我惊呆了,湿暖的子宫也似的木瓜里,
蠢蠢欲动的
状若蛙卵的黑色的籽充盈得满满的,
有如某种器官的肆虐喷溅。

近乎恐惧中,
我用金属的勺子(手术刀一般)
将黑色的籽清理得干干净净,
一粒不留。
甚至在它们附着的黏黏的温热的那一层,
我留下了更生冷的铁腥气息。

可是我已经无法食用,
我厌恶地把它搁在一边。
我觉到了恶心,
有如胶水一般的黏黏的恶心。

唉,生竟然是恶心的,

而深秋的干枯、大雪中的死亡
却是无以言喻的洁净。

(2013)

猫

猫,
行走,
从高处跳下,
没一丝声响。

——它的跳下,一小团松软
充满了空气的棉花那样,
吸尽了所有声音。

猫,是神秘的。
人们无法猜度
墙头曲折的那一端——
即便是写了《我是猫》的夏目漱石①
也不知晓猫的下一步。

看似绵软的筋骨,
松软的链条一样,会忽地绷紧,
窥伺每一只暗藏的鼠的挪移、试探,
甚至鼠须的些微湿润——
猫独享的秘密的寂寞。

——忽然,熟悉的一点气味,

隐约在那儿,

让它惊喜而甜蜜,

腥膻而且甜蜜,

它曾经留恋缠绵过的一个烟囱的温暖拐角,

那一夜残留的爱的味儿,

让它的脊背的链条再次绷紧,瞳孔突然残忍地放大。

(2013)

---

① 夏目漱石(1867—1916):日本作家,著有长篇小说《我是猫》等。

双手合十的豆荚

鲜嫩小手,合住豆子,
因爱而娇嫩的豆子,
汁水青涩的豆子,
一粒粒凸起的,欲要诉说的豆子。
爱就要如此吧,
双手合十,捧着,祈祷,
要一一都美满了。

要双手合十,一直到老了,
再也无法合住,手掌枯干,终于裂开,
那些美满的豆子,一一
落入了尘埃。

双手合十的时候,
心里有多满,头埋得多深。
合十的时候,知道那个人也和自己一样,
那手里捧着的汁水青涩的爱,
是满满的。

(2013)

在地道里拧螺丝的人

我感到丝扣,
拧了一下。紧。一下一下更紧。
窒息。

我看见那人露出的后背,
隐隐起伏滚动的筋骨,
深处的瞬间涌动
悄然消失于
金属丝扣的黑暗深处。

我感到有什么,
渐渐拧紧了,
拧紧了呼吸与呼吸之间的
最后一点缝隙。

这世界的深处,
是紧和更紧,是愈加黑暗的精密刻度。

(2013)

"一任光影和肌肉玩耍"

这句子里一束光影的斜射,近乎诡异,
叫人忆起夏日旷野上奔跑的猎豹,
肌肉臌胀,斑点如野花蜂拥,
利爪疯狂甩动,如同炙热的铁链。

这不知来历的句子,也令人想起七月,
热恋者撕裂般的呻吟,死而复生似的缠绵,
空气陡然升起再升起,之后是寂静
充溢着精液腥膻气味的燠热夤夜。

(2013)

黄昏伏案中,想起病中的亲人

灰尘,略略拂去;案上,净亦不净。
残茶凉透,如隐忍烈酒。
几枚干枯石榴,若古老的铁。
——无以言喻的,仍是无以言喻。
我曾坚韧,现在,却如许衰弱、无奈。

我感到了渐渐趋近、逼近的。
我嗅到了空气里缓慢而来
却丝丝入扣的苦寒。
我懂得,我哪里会不懂!
生死之间,原不过是小小的沧海桑田,
命随意给了的,命依旧要随意拿了去。

(2014)

镜　子

那些映过湖面
经过玻璃
照过镜子的人,
心里想了些什么?

——寒风里,他们掖紧了衣襟。

而只有神的面前,
人是不敢停留的。
神知道,人的满身尘土:
"就从镜子一边过去吧!"
神的面前,
无从遮掩。

可也许,神的镜子,
就连神自己也不敢照。

——寒风里,神也不由地
掖了一下自己的衣襟。

(2014)

山 林 蛰 居

山林，蛰居十日。
同行的人，各自，
不知姓名，亦不曾问起。
夜半寂静，细闻些微虫鸣；
白日阳光如何灿烂，亦都忘了。

携一册书，一册古人书简，
闲了，读一札某人写给某人的——
比如苏轼酒醉写给秦观，
比如王献之写给谁的，
感慨良深的，是一位
写信给丈夫的叫徐淑的女子。

这十日，读书，写字，
我不出门，不出大门，
与世隔绝，其实只是与同行的人隔绝，
只是矮入山林，不与人语。

这十日，我想，人世，是太小的世，
此外，还有花鸟之世，山之世，水之世，

还有时光之世,世外之世。
这十日,我与世隔绝。
请谅我要与人为敌,以人为敌,
甚至有点儿永远为敌的意思。
这十日,我不出大门,亦不谈论人类。

(2015)

无用之人

我无用,于这尘世,一无所用。
肩上有父母妻女,兄弟子侄,我得努力。
我安心劳苦,不畏汗水。
我尽力清洁,不畏溪水寒冷。
衣衫寻常,饭食可以白菜、土豆,
粗盐腌渍的咸菜即为至上美味。

我无用,于这尘世,真的一无所用。
我亦不能持戒入寺,为众生祈祷,
不能坐卧草席,凌晨三点即起,
冬天的炉火边,打坐、诵经,
在草纸上抄录西来的慈悲文字。

我真的无用,只能以无用报偿。
以无用感激,感激我这一无所有,
一无所用的,神依旧允许我来到尘世。

(2015)

祈 求

我不敢要,甚至
一棵杂树、一株花草、一点籽粒。
现在,我就要一点点,
比寻常的泥土和水,还要寻常。

我只要一点点,甚至
不是一片树叶、一瓣花。
我不敢祈求,我只要那最寻常,
世人以为最寻常的。

祈求时,我的心是满满的。
我祈求,并且情愿把自己抵押,
包括最后的沧桑岁月,
甚至来生,再一个来生。

我祈求,但祈求什么,
神……我不敢也不能说出来。
我不能说出来的,
悲悯的你是知道的。

(2015)

寺里的树

寺里,石板青青,
干净的叫人觉得,一切多余。
游人,多余。甚至,僧人也是多余的。
似乎有点僧人窸窣的脚步声,也就够了。

似乎,只有这些树是合宜的。
大树临秋,有些悠悠,有些故意,
不经意地丢下一些叶子,又一些叶子。
再清净的寺,再干净的青石板上,
树都是可以随意丢下一些叶子的。
以至于丢到那个僧人的头顶,也是合宜的。

每一片干净的叶子,佛都看见了,都是喜悦的。
佛说:这些落叶,不须扫啊。

(2015.8)

客　居

异乡一个多月,友人都陌生了。
有人请酒,回曰:在外;
有人请茶,回曰:依旧在外。

一个多月过去,习惯了。
习惯了,觉得颇好。
偶尔电话,必然有事。
事情说完,依旧,各自。
偶尔,短信,微信,
更多的,无有音讯。

客居的日子,悠闲,惬意。
有点隔绝,隔而不绝。
如古人在山中,唯山色;
在河畔,唯流水。
心,在焉,不在焉?
客居的明月,真好;
几处明月,想想,也都好。
似与几处友人,在同一尘世,
也仿佛,亦在几个尘世。

(2016)

盐少许

一罐汤,多少盐,
老厨子说,盐少许。

用匙,不对;
用三指,两指,拈一点点。对吗?
不能问,亦无可问了,
老厨子,去世已经年。

盐少许,随人,随汤,随心情,
亦随盐,随任何一事。
世间的事,无规矩,
亦规矩独深。

明一事,亦明天下。
明天下的时候,已不须随任何事,
已无忧喜,无有无,无无无,
亦是可以随天下了。

也许,探指盐罐,抑或是下箸,
随心一点,不拘多少,盐即合适。

(2016)

今夜以后

今夜以后,每个晚上,
我都要去摸摸
小女儿的脸。
不道晚安,
就是去摸摸她的脸。

入夜了,盖着被子,
她的小脸,依旧冰凉。
我摸摸她的脸,
用我努力温暖的手。

今夜以后,每个晚上,
我都要去摸摸小女儿的脸。
似乎她
随时都会消失。

我不说什么,
她也不说。
心里想了些什么,
我们谁也不说。

(2016)

释　迦[1]

释迦,亦是水果之一种。
此释迦,如真释迦,
亦或真释迦,亦即如此。
甘醇果肉里,籽粒弥坚,
如一粒粒大静的偈语,
密示,不言,而大善。

这顶着发髻的果,
发髻丝丝缠紧,秘苦坚忍,不说与人世。
这大命之果,
生住坏灭之外的果,
示人以轮回的果,
佛陀无以十方[2]显身,
即以此。

生大寂寞事,即此;
成大寂寞心,亦即此。

(2016)

----

① 即释迦果:又称番荔枝,形极似佛首。
② 十方:佛教原指十大方向,即上天、下地、东、西、南、北、生门、死位、过去、未来。

老 琴 师

老者,按琴,神色如石,如铁;
亦如童稚,如痴呆。
老者的手指,如枯槁枝条,如清澈涧水,
如象之笨拙,蚁之精微,
如轻羽,如未飞欲飞之灰烬。

琴音,在人世,亦非人世,
是另一世,无有之世,未生之世,
大吉之世,亦是大凶之世,
是世外,亦是更深无以解脱肉欲之今世。

于此老者,人世,不过一弹而已。
人世,说无可说,哪有那么紧要;
人世的苦乐,哪有那么紧要。

此老者,于人世,只弹天,天上的流云,
地,只偶然弹弹,就流水荡荡,山,横立了。

弹到最深处,这守口如瓶的老者

比木石铁铸更缄默,或者竟如无言之老猿,
之于人世,我佛慈悲,竟投以一种世外的悲悯。

(2016)

蝎　子

蝎子,
蜇了一下。
我伸出另一根手指,
给它
再蜇。

与无奈的晚春相较,
蝎子的痛,单一,
像急遽的花期,略略胀痛,
继而缓慢,犹如深入了
麻木发热的泥土。

而这痛将好
抚慰了我
死亡尚可与之匹敌的
苍老的痛苦。

(2016)

应 许

春天的事,
神未曾应许,
却在严冬应许了。

离别的事,
神未曾应许,
却在泪水里应许了。

苦难的事,
神未曾应许,
却在死亡到来的时候应许了。

大地上的事,
神未曾应许,
却在天堂里应许了。

神是万能的,
可他也不过是在
能应许的时候才应许了。

(2016)

旧 筷 子

陪父母吃饭,桌上
还是多年以前的黑漆筷子。
几样百姓的家常菜,
更因这漆色磨损的筷子,
觉出了过去的味儿,
觉出久违了的
一家人的相濡以沫。

用完最后一口饭菜,清水里
我细细洗着这旧了的筷子。
这有着白菜、豆腐味的筷子,
已经有一些尘世的沧桑了。

(2016)

夏日街景

超大的深蓝玻璃幕墙,
赤裸,闪烁,残忍。
我看见行人,车辆,树木,
在幕墙深处——成群地陷落。

我看见幕墙里的无奈挣扎,
那一片片,有如溺水的玻璃纸。
我看见那些挣扎,一起消失于
幕墙的最深、最暗处。

我的骨骼也忽然僵硬,无法自主,
——我感到了不可解释的生疼。
那玻璃间的透明挣扎中,
我尚不及隐遁,已经虚幻地破碎了。

(2016)

孤独的味道

毛虫一样的孤独
可那孤独
我喜欢

一片树叶
对树的孤独
我也喜欢

秋天
竹子也似的
枯草也似的
那孤独
我也喜欢

而青甜
还是苦红
是哪个更深入了
我的
苍老的孤独

但我决计是盐的孤独了
一次次
入水
什么也
不管

我要一直沉浸
沉浸到
无法看见
沉浸到
不管怎样
都看不见
那些盐的无畏的毁灭

（2016）

蜥　蜴

1

我看见蜥蜴
这土色

土，是哑的
土色的蜥蜴，也是哑的

2

蜥蜴
一动不动

我看见蜥蜴
其实就是正在看见它

3

这起始于土的
最终要
归于土

我看见这蜥蜴
正痛苦于它的
不能消失

4

蜥蜴正消失
它可能的自己

它在土里消失
就不会在远处出现

5

蜥蜴消失
没有尘土升起

蜥蜴消失
也没有尘土落下来

（2016）

夜深时分

夜深时分
喁喁着攀升
巅峰
到月落幽谷
到最窄最深的隐秘湖沼
肿胀的根一次次
深入
澎湃

谁沉沉睡去
谁依旧美人
谁潮水隐隐起伏
泥潭腥膻
又一次布满了
乳白的根须

(2016)

汽车到站

汽车到站,拥挤的车厢里,
我看见一只女人的手,
轻轻推着一个男人的背,
推着、跟着,下了车。

那只手,那么绵软,依赖,顺从。
唉,是什么让一个女人
心甘情愿跟着一个男人,
柴米油盐,清水洗尘,白天、夜晚……

我的心里,忽然一阵、一阵哀鸣
——也不尽是哀鸣,
还有一丝、一丝,
我无以形容的悲凉……

(2016)

法雨寺的傍晚

傍晚,风起,
忽而,忽而,又大了。

送别的僧人,立于风中,
侧身,
合十。
风中的合十,可是为了我等?

也许,
僧人只是立在风中。
僧人不送——
僧人
亦无处可送尘世的我等。

(2016)

一粒米寺

米粒大小的地方,
修一座寺。

佛那么小,
将好能住在里面。

佛搓搓手,说:
一粒米,
足够了啊。

(2016)

割　草

心最狠的人
用什么
割草

没有镰刀
也不用
在他眼里
镰刀
不算什么

他只用最干枯的
细细的一根草
轻轻一割啊
整个秋天
就茫茫地
落了下来

（2017）

旱獭

旱獭,一只、一只——出现。
车行缓慢,生怕惊动了这荒原的主人。
它们不关心人类,只关心天气、雨水,
关心肥美蕃茂的多汁的草根。

它们不懂万物相连(也许懂)
它们不懂,其中一只竟然有些像此刻的我。
我回忆那只站立着的旱獭,
面对驶过的汽车,凝视着一张苍老的面孔。

(2017)

古　琴

这来自尘世的弦木,却奇怪地,无尘。
那重的,不及轻的,一弹。
那轻的音,空,无,似乎只是
淡淡弹了一下虚空。

那轻的音,一弹,尘世消遁。
那轻的,更轻的,一弹,
比空,更空,比虚妄的空,更空。
那空,已然空的令人无法绝望。

(2017)

深夜之读

读"厉严寒,阴气下微霜"①
再读"纸灰飞扬,朔风野大,
阿兄归矣,犹屡屡回头望汝也"②

吾一人于此静夜,心有戚戚,有如
亡命之徒,荒原独坐。

(2017)

------

① 摘自阮籍诗。
② 摘自袁枚诗。

想象的坚果

我一边读"坚果",嘴唇
就触到了它的坚硬。
虚无中,我用牙齿
悄然要打开它——这怪异的
壳形的小小神秘圆弧。

我一边读,一边就读到了它
坚硬的气息;读到了
那悄然逼近、阻止了牙齿的
我对于它坚硬的壳的最后想象。

(2017)

稻　草

我要抓住一根稻草
不是别的
就是稻草

我卑微的命
需要一根稻草
无以救命的稻草
让我抓住这根稻草吧
让我抓住
抓住这根稻草

我知道
我会攥痛攥碎了这根稻草
我知道
只有上苍才懂得
我是需要一根脆弱的稻草
才能活下去的人

那有用的,于我无用
那有用的,真的于我无用啊

(2017)

雨 中 上 坟

夏雨微凉,燃烧的纸钱
比往常多了一些青烟缭绕。
有伞,但肩头还是湿了。
上坟的人,止于礼。
我呢,毕竟是外人,心止如水。

百年之后,我亦是如许安歇。
我所想的,是不要有人来看我。
尤其家人,尤其远方的女儿。
怕她凄凉。万一她会凄凉。
最好,我已是"别人",这才最好。

有偶尔祭奠陌邻的人就好。
他们低声的谈话,说着今年,来年。
坟地上的谈话,自然是温暖善良,
那些话,已经足以让我再一次好好安睡。

(2017)

阳飏诗选

阳飏，1950年代生人，主要作品《阳飏诗选》《风起兮》《墨迹·颜色》《左眼看油画》《右眼看国画》等。现居兰州或成都。

目次

爱人 / 389

羊皮筏子 / 390

自传小诗:60 年…… / 391

古曲新句:十面埋伏 / 392

青海湖长短三句话 / 393

旧情节 / 403

世界名画赏读 / 406

楼院里的一棵老旱柳 / 408

小小村庄 / 409

沙枣花已经开过 / 410

狼 / 411

敦煌四句 / 412

安西风大 / 413

看嘉峪关魏晋墓砖画:鸡头人身图
  断句 / 414

甘南草原四句 / 415

阿尼玛卿山 / 416

一把藏刀 / 417

黄河第一曲 / 418

想念黑马河 / 419

纪念 / 420

槐花开了 / 421

额济纳 / 422

拉萨 / 423

幸福 / 424

北京时间 / 425

与宽恕无关 / 426

兰州:轶史一则 / 427

马牙雪山 / 429

鸳鸯火车站 / 430

六盘山下 / 432

固原老街 / 433

车过黑风寺 / 434

子午岭学校 / 435

周祖陵 / 436

澜沧江 / 437

敦煌书:树上千佛 / 438

敦煌书:王沙奴供养像 / 439

寻明月峡栈道不遇／440

天水旧事／441

巴丹吉林／442

山河多黄金(组诗选章)／446

山河高处／449

与我生命相关的三座城市／450

扎尕那(选章)／454

藏族画家奥登说／462

大夏河／463

新编《河州令》／465

礼县秦公墓青铜回头虎／466

礼县桃花山／467

闻鸡起舞／468

爱　人

请你在我身体的房间里
坐下
这是咱们温暖的家啊

几颗钮扣
像是咱们的一群孩子
你用母亲的手
挨个摸了摸他们的脸

（1980 年代）

羊皮筏子

羊皮筏子就是
把吃青草的羊的皮
整张剥下来灌足气
将它们赶到河里去
两种牧羊形式大不一样
现实主义加浪漫主义加不加魔幻主义
我在主义之外
看一群羊在河里
全身没有一根毛
没有弯弯好看的角
像是一堆顺河而下的大石头

(1980 年代)

自传小诗:60 年……

一颗巨大的麦粒
把我击昏在 60 年的门槛上

(1990—1996)

古曲新句:十面埋伏

美人叹气是美
英雄从不叹气
英雄长叹一声
就把脑袋从肩膀上取了下来

(1990—1996)

青海湖长短三句话

  第一句叫作幸福,第三句叫作忧伤,中间一句是青海湖流过的地方。

——题记

1

青海湖,我想把你五百里的云彩平均分开,一半叫作幸福,一半叫作忧伤。

我说不清为什么这样,就像现在吹过来的风,仿佛是另一个世界的呼吸,草滩上散落的牛羊仿佛是另一个世界的水珠一样。

而我是一只穿着衣服的鸟,栖落在幸福和忧伤的中间。

2

青海湖,水下面是鱼,风上面是鹰,鹰是另一世界的居民,灵魂部落的首领。

从鹰的背后望去,一堆堆废弃的砖瓦一样的牛被神无形的手搬动着,神啊,你在一砖一瓦建筑着梦中的大金瓦殿吗?

鹰的翅膀翻过去了。赶夜路上天堂的人提着时间的灯笼,天一亮,他们就又回到尘世了。

3

青海湖,天空下,一匹红马一匹黑马,像是两位流浪歌手,互相问候着,打着响鼻,并且认真地凑在一起,倾听对方身体内马头琴的声音。

这个秋天舔着去年春天嘴唇的声音,不情愿地一步步向寒冷搬迁的夏天,在地底下感冒呻吟的声音,天一凉嗓音又尖又细的虫的声音……

天空下的牧人"吆吆嗨"驱赶着转场的畜群,带来了青海湖冬天最初的声音。

4

青海湖,当一群群白色的鸥鸟腾空飞起,像是你的眼泪,洒向空中。

牛们啃着这个季节枯黄的草,这是一群苦行僧,从来就不适合在人间定居。

青海湖,千年一恸,背转过身去,石头里的鹰像是一位横空出世大英雄的儿子,用飞翔,扩大着父亲的业绩。

5

青海湖,你的梦有着青春女子乳房的曲线。

梦的上游,是你更曲线的下颏和嘴唇,我将在那儿度过整整一个白天,光天化日之下亲吻过你的人将不懂得死亡;梦的下游属于夜晚,我住宿在一滴柔情的眼泪里面,风推门雨敲门,我把一小束拒绝会客的水藻插在门把手上……

黎明即起,我看见一位女子用晨曦冲洗着一座座雪山。

6

青海湖,那两朵不系鞋带的云是你一双跋涉的脚吗?
从这头走到那头:五百里地,回来的路上,天黑了。
请带上我吧,为你点一支小小的蜡烛。

7

青海湖,我忽然发现,草滩上帐篷的门都朝你敞着,牛羊们朝你的一面毛发油亮,朝你的花朵正是大地嘴唇的颜色。
这是一个秘密,我是这秘密的见证人。
甚至,连死亡背向青海湖吹响的牛角也无人听到。

8

青海湖,你在秋天的眼睛里蓝着,牛羊裹严了御寒的皮毛。
僧人们的红袍已经暗红了,进入冬天,这红袍将会更红更暗。围裹着红袍的僧人们,又在想象大厨房的五口大锅烹煮十五头全牛的情景了。阎罗舞,骷髅舞,跳神的日子是人和神的节日,离人最近的神据说也患阑尾炎。
秋天更蓝了,无论在白天还是黑夜,青海湖都蓝着。红袍僧人更红更暗了。

9

青海湖,露出你布满贝类和盐的膝盖。那从远方向你赶来的又一座雪山还在路上,青藏高原的风雪提前封锁了一个又一个路口,为了匍匐在你的膝盖下面,风雪兼程赶来的还有:风雪。
在风雪兼程的赶路者中,有一位神,烧旺了身体内的炭火,只有他比青稞更青稞,比酥油更酥油。

青海湖,露出布满贝类和盐的膝盖。青海湖,遍插经幡。

10

青海湖,你在盐的惺忪睡眠中醒来,把又一天最新的晨曦揉进眼角。

几十米外的青藏公路上有一辆抛锚的白色汽车,像是等着吃奶的羊羔。

在你看不见的金瓦下面,有一个熬夜读经的小喇嘛,满脸倦意地走下台阶,他要去收割这个秋天最后的青稞,供养殿堂上和身体内的佛。

11

青海湖,他是金瓦下的守门人。蒙古王馈赠的羊毛毯裹着十八根柱子,几百年的时间了,还像是刚刚剥取的羊羔皮毛一样新鲜。现在的小喇嘛已经疏于"堆绣"了,殿堂上悬挂的,还是上个世纪的作品。在零温度下手工捏制的酥油花堪称一绝,只是精于此道的老喇嘛全都患有严重手关节炎,因为捏制从入冬开始,其间必须时时将手浸入冰水中,保持零温度,以免酥油融化。像是神的手艺,不能有人的温度。

他是佛的守门人。他是绕青海湖一圈叩过等身长头的守门人。

草木萋萋的青海湖犹似一部卷了毛边的经卷,被守门人点灯击鼓之余时时抚掌。今夜,他将梦见一匹白马,从水路奔来,驮着一位六百年前的佛。

12

青海湖,这是一位年轻的红袍僧人,他清癯的年轻使他看上去像是一只青海湖边栖落的水鸟。

红袍僧人,他默默地上车,坐下,默默地。他掰弄着无声的手指,我听见这个秋天无声的声音,因为一位红袍僧人的缘故。这个秋天,就要被他掰弄出一些类似诵经的声音了。

一位红袍僧人,使一辆疾速行驶着的车中满载的旅客像是一大群青海湖边栖落的水鸟。

13

青海湖,牛羊的课本人来念,雪山的大书风来读,读不懂的留给青海湖。青海湖把一本本书拆散了,一会儿读草,一会儿读云,一会儿读一场大雪,留下一处废墟,等星星亮起来了,挑灯夜读。

读时间溃散时丢弃的苍白骨头,读断壁残垣像一队队被割下头颅或拦腰切断的人,继续高高低低站着,读寂寞的佛龛里佛不在家。

青海湖读不懂的,还得留给离家出走的佛。远走他乡的佛据说一万年才诞生一位。

14

青海湖,牛羊忙着吃草,鸟儿忙着飞翔,青藏公路向远方跑去,九月的一场大雪急匆匆向着十月赶路。

我坐看云起。看云的头发飘向吐蕃时代,这是吐蕃人的发式吗?吐蕃王削自巉岩的巨大头颅被一队骑着自己骨骼没有五官的王室侍卫们日夜监护着。

吐蕃王,我应该对你表示一个男人的尊敬,在你皑皑雪山的白色战袍前面。

15

青海湖,为了灵魂的事情你才蓝的。

灵魂后面的路好走吗?

黑马飞走了,花鸟飞走了,一群白鸟飞来了,像是一盏盏灵魂后面的酥油灯。

16

青海湖,说说那只鹰吧。

巨大的翅膀像是掀开的经卷,啊嘛呢叭咪哞,它清点着六字箴言中的六座雪山。

第七座雪山被鹰的翅膀轻轻掀了过去。

17

青海湖,我不知疲倦地数着你的水滴,我知道,这是一种痴心妄想。

我不清楚,哪一滴将流进我的血液,哪一滴灌溉了牧草,哪一滴被大鹰噙在嘴里,交给远方的神。

再没有比这不知疲倦的事情了。

18

青海湖,远远的云和山挤在一起,远远的不堪拥挤的山就要逃散,青海湖的蓝像一种人类历史以前的颜色。无人可以篡改。

云下发生的事情已经发生,云下发生的事情还将继续发生。

云的政治和云有关。云的阴谋是我这首诗的想象。再想象一位云的酋长,长袍内轻轻捻动两根手指,这可能是又一次云的部落大规模迁徙的开始。赶着牛,赶着羊,带上赤裸着左臂的水草茂盛的土地。

从青海湖的蓝开始,云的历史,谁知?

19

青海湖,我在水上雕刻着你的心,云彩的眼睛望着雪山后面的事情。

有关雪山,很白,很冷,但是每一座雪山深处都跳动着一颗雪山的心脏。

鹰的路鹰知道,鹰不知道的地方青海湖摊开手掌,呈现出走上天堂去的神秘路线。

20

青海湖,你睡眠的样子很好看。

左手枕在披散的发下。

闲置的右手(像是正在吃奶的婴儿)放在胸前。

21

青海湖,你五百里蓝色的土地,谁来耕耘呢?

一座座雪山的拖拉机正在修理上个世纪锈蚀的履带,就要出发。

佛是一位拖拉机手吗?耕耘着五千里、五万里、更广阔人心土地的佛,有着一双不知疲倦的佛手。

22

青海湖,站在你身边说你只是水啊水的人注定是情感的贫农。

你提着一盏盏大白天亮着的灯——飞翔的鸥鸟,为那些夜晚逝去的人引路。

你的眼角有着一道道天堂的皱纹。

23

青海湖,我想辨认:

哪一座雪山是你回家的路?哪一群牛羊的叫声是你的咳嗽?哪一颗雨滴会把我包裹在里面?哪一点儿泥土休息着我前世的缘?

青海湖,我不想辨认。

24

青海湖,一只白鸟,天堂手套一样的白从另一种天堂数学的颜色——青海湖的蓝上飞来,你会计算吗?天堂数学:肉体和灵魂的距离、生命和精神的距离。

天堂的边儿上牦牛啃着秋草。天堂的边儿上青藏公路线一车车人间的欢乐与忧愁从 109 国道 2102 公里界石处驶过。

天堂的白手套,戴在神的左手还是右手?能拂去我一身的灰尘吗?天堂数学,一滴水的倍数还是水,一整座青海湖的蓝,有多少属于天堂多少属于人间呢?我望见一只白鸟,比人世间最白的白还要白。

25

青海湖,我怀疑,那些正在吃草的牛啊羊啊都是另一世界的影子,此一世界彼一世界影子和影子形式不同。

那么,我是谁的影子呢?

云忙着自己的事情,雪山蹲着,从不站起来暖和暖和。青海湖在五百里椭圆形的会议大厅开会讨论着:灵魂、般若、缘起、因果……影子的问题:再过一万年吧。

26

青海湖,在你盐的大门上,镶嵌着你巨大的手印,全世界没有一个人的指纹是相同的,我来寻找前世的指纹。我把手叠放在你巨大的手印上,感觉盐,锋利地划破我手的皮肤,并以青海湖的形状,构成我指纹的脉络。

青海湖流过我的手掌。

今夜,我将枕着青海湖入眠,梦见戴着白钻石一样盐的戒指的青海湖,额头点着高贵的红痣,像是一位被废黜的藏王流落草原一隅的妃。

27

青海湖,第几座雪山是离你心脏最近的那颗钮扣呢?

白色的鸥鸟是你小小的乳房,里面住着青草以南的血液和花朵以北的奶水。

我从你的衣兜取出一块块石头,上面刻有神秘文字,还有一位在我内心深处和我同居的人的头像碎片。

28

青海湖,牛的手镯,羊的耳环,全都送给一位叫卓玛的姑娘吧。
卓玛卓玛,雪山围起的院子里打着奶茶。
卓玛卓玛,青海湖不分季节地开着一朵朵露出左胳膊的卓玛花。

29

青海湖,骑在一万头牦牛的背上,以一百座雪山的力量举起你的一滴水。
一滴水一根草繁殖起来的青海。
云像经幡一样拂动的尽头,还是一滴水一根草干干净净的青海。

(1997)

旧 情 节

露天电影

黑白时代
五分钱的露天电影票
风把幕布刮得哗哗响
电影里的鬼子悄悄地包围了村庄
风把幕布刮得最大限度地兜起来了
变扁拉长鼓肚子凸胸的鬼子
中国人的风就是帮中国人的忙
东倒西歪的鬼子全是做梦的模样
我钻到幕布后面
想看看鬼子后面还埋伏着什么
风停了
电影散场了
我们嘴里喊着：八格呀路
起劲儿地学着鬼子的模样

老唱片

他家有一台唱机和一摞菜盘子大小的黑唱片
像是有人躲在斜纹布一样的唱片密纹里面

尖尖的唱针一划,声音就出来了
他爸他妈上班走了以后我们去他家听
老唱片磨损太厉害
就像一个感冒没好的人在坚持唱
偶尔还停顿一下
似乎唱累了捏着嗓子休息休息

那一年,满院子的孩子全用一种感冒的声音
　　唱——
嘿啦啦啦啦嘿啦啦啦,天空出彩霞呀地上开
　　红花呀……

下雨喽

下雨喽,冒泡喽,乌龟王八打架喽
胖子和春生滚在泥地里
我们更起劲地喊开了——
下雨喽,冒泡喽,乌龟王八打架喽
春生的哥来了,胖子的姐来了,半院子的孩子
　　都来了
下雨喽,冒泡喽,乌龟王八打架喽
胖子春生商量好的一样不打了
他俩一块儿喊——
下雨喽,冒泡喽,乌龟王八看热闹喽
半院子一起喊——
下雨喽,冒泡喽,乌龟王八又好喽

雨天
我想从一场雨的这头走到那头

(1997)

世界名画赏读

《舞蹈课》（德加/法国 1834—1917）

天鹅绒似的女孩

脚尖是黄昏的光线透过大玻璃窗移动的过程

脖颈忧伤地朝向美

侧面略曲的手臂仿佛一把琴弓

就要拉响身体的大提琴

她落叶般站着

她们全都落叶般站着

像站在一根易折的细树枝上

《病孩》（挪威/蒙克/1863—1944）

15 岁的姐姐

脸跟药片一样白

15 岁的姐姐

肺在哪儿

15 岁的姐姐

乌云一咳嗽天就下雨了

15 岁的姐姐

我梦见那只猫叼走了你的肺

15岁的姐姐

等着我

我现在就摸黑端着蜡烛去找肺

《伏尔加纤夫》(俄国／列宾／1844—1930)

什么时候才能把这条河水

从下游拉到上游去呢

（1998）

楼院里的一棵老旱柳

老旱柳在没人看见的夜里走动
迈着三十年前吊死在它脖子上的那个漂亮女人的碎步
月光下的影子又空又大
似乎一件无人穿的睡衣

一条蚯蚓像是小学生丢弃的铅笔头
它爬行的痕迹是用不可辨识的字体写出的箴言隽语录

这个城市的建筑一个靠着一个的肩膀睡了
老旱柳孤零零地同自己的体温做伴
四楼一盏骤然亮起的灯光吓了它一跳——
左脚踩疼了右脚右脚踮起来望了望
像一位窥私癖者
随后又痛苦内疚地把脸埋在了头发后面

(1998)

小 小 村 庄

小小村庄
座落在世界最高处
像是大地上随便的一块石头
凿出门和窗户,佛和人住进去
人把一粒青稞种成一万粒青稞
把一只羊养成一百只羊
然后掰着指头计算
青稞够了,羊也够了……
佛不说话
一碗清水也就够了
小小村庄,仿佛一堆云彩就能卷走。

(1999)

沙枣花已经开过

沙枣花已经开过
如同一群失踪的少女
我怀疑她们因为腋下香气的诱惑
最终迷失了自己

这个世界每天都有失踪的人
每天都有蜜蜂一样寻找黄金秘密的人
一群少女离黄金有多远
这其中的黑暗无人看见

(1999)

狼

上千公里的青藏公路线
没见一只狼
真想见一只旷野中的狼啊
远远的,最好跛一条腿
更有英雄气慨
晚云腥红
恍若狼族为这个世界贡献的血
这只狼沿着山脊缓缓走去
一跛一跛地驮负着过于沉重的天空
额上有刀伤的落日
用一个王朝的历史删改了自己
一种被奉为神鹰的飞翔动物
用比黑夜更黑的翅膀删改着死亡
一只跛腿的狼
行走在西藏的天空下
仿佛替人类驮负着
某种光荣与罪过

(1999)

敦 煌 四 句

西风已经开始吹了——
把太阳的黄金吹到佛的门前
把大地梦中的骨胳
吹得比棉花还白还要温暖

(1999)

安 西 风 大

——去世多年的大哥,当年大学毕业曾在安西解放军农场锻炼生活过。

安西风大
我在风中想起大哥
想起大哥就这样面朝大风
被风吹成了一粒一粒的细沙
我不敢面朝大风啊
不敢看大哥
三十年前那张年轻的脸

安西风大
风中,大哥在说话

(2000)

看嘉峪关魏晋墓砖画:鸡头人身图断句

这是一个大红冠子男人
一个要在另一黑暗世界啼叫的男人
一个把身体里的血举过头顶的男人
一个在某一天早晨必然开口说话的男人

(2000)

甘南草原四句

草像月光
一只只白羊仿佛等待书写的纸张
我不好意思抬脚踩进去
那儿是朋友阿信写诗的地方

(2000)

阿尼玛卿山

阿尼玛卿山是座石头山
藏语阿尼玛卿就是祖父
祖父天天都在继续往高垒放着石头
如果你的力气大,就去帮忙搬石头
如果你的力气小,磕个长头再回家

祖父日日夜夜佑护着你啊

(2000)

一把藏刀

刀寻找血
就像复仇者寻找仇人

我从拉萨带回一把藏刀
我将这把刀挂在墙上
如果面对仇人,我会如何?
或许我会要求把我俩的血搅在一个碗里
面对面盘腿坐下,把刀放在中间

然后,开始喝酒

(2000)

黄河第一曲

玛曲,黄河拐弯的地方
草,和羊,和一匹陷入冥想中的马
黄河远远绕开它们
可这一切
都像被一双潮湿的大手刚刚抚摸过

(2000)

想念黑马河

黑马河,青海湖边的一个小镇
雪山太白,天空太蓝
太多太多的蜜蜂,太多太多的黄金戒指
吐蕃公主千年以前的手太凉
放蜂人背过身去一副酋长模样
低低盘旋着的一只鹰
会不会在某个时辰奔跑成一匹黑马呢
黑马河,如果我不在中途下车
就会又一次见到你了
如同见到一位信誓旦旦的朋友
然后,我们合力从一条河水的泡沫中
牵出一匹马来

(2001)

纪　念

除夕之夜
我在楼下十字路口
给父亲烧了些纸钱
儿子陪着我
个头一米七八的儿子
这一刻突然使我感到老了
我对儿子说——
以后我死了，逢年过节不用烧纸钱，只在心里想想就
　　行了
儿子默不作声
更好地活着，就是对死去的亲人最好的纪念
这话我说给自己，也说给儿子
儿子默不作声
十八岁的儿子，还不懂死亡
以及死亡留下的重量

我和儿子回家
横穿马路的时候
他搂了一下我的肩膀

(2003)

槐 花 开 了

槐花开了
槐花年年都开
今年的槐花
像是等待一件事情
等着等着就开了
槐花开了
如果真是等待一件事情
会是什么事情呢
反正
槐花开了

开花的槐树
让我想起一句话
那是一句什么话呢
仔细想想
我只想起你"哎呀"了一声
满街的槐树便开花了

(2003)

额 济 纳

两个老朋友
互相看了看
因为这一会儿没有风吹
没有风吹的朋友
忽然就陌生了
然后握握手
像是交换了一下手心里的沙子

(2004)

拉　萨

拉萨河,这就是
米拉日巴神白银和盐的膝盖涉过的那条河吗
过了河的神只想做一个人
放羊,种青稞
进寺院学吹腿骨号
——让死亡发言
继续发出一个人信仰的声音

(2004)

幸 福

如果我幸福
我的幸福就像一条狗
有时候真想乱叫一通
挑一个月黑风高夜
在自己身体里旁若无人
痛痛快快地叫啊

为我自己叫
越叫越幸福

（2004）

北 京 时 间

北京火车站的大钟响了
像是个带一点点北京口音
说普通话的领导在讲话
我仰脸看着大钟
时间没有皱纹
可我已经老了
真好似一大张整钞
怎么就变成零头了呢
我不奢望什么人表扬
更不愿听什么人批评
只是弄不清楚
本来挺多的钱
都干什么用了呢

(2004)

与宽恕无关

据统计,这座城市每天吃掉五千只羊
主啊,宽恕刀子吧
宽恕一个个好胃口
如果我是素食主义者
就中午白菜豆腐,晚上萝卜土豆
可现在三天不吃羊肉
就馋得慌
主啊,宽恕我吧
宽恕爱吃羊肉的兰州人
让我们大家来世做青草
喂羊

(2005)

兰州：轶史一则

永乐十八年
撒马尔汗国沙哈鲁王遣使朝觐永乐皇帝
沿丝绸之路东行
途经兰州过黄河镇远浮桥
使团所携贡礼无非奇珍异宝
惟雄狮一头尤是令人惊诧
《沙哈鲁遣使中国记》称——
河之对岸，有大城，城中大庙一所，妇女之美，驰名四
　　方，故城名胡思纳拔德，犹云美城也。
沿河高髻美女听见狮子吼
不止八九人，不止数十人
大城兰州狮子吼
此食肉动物饱啖羊羔肉
萨拉乌丁力士及使团诸人饱啖羊羔肉
继续东去
城隍大庙有人烧香有人磕头
亦有人抄写《楞严经》——
我于佛前，助佛转轮，因狮子吼，成阿罗汉。

永乐十九年

撒马尔汗国使团返经兰州
随乡俗,拜城隍大庙
过黄河镇远浮桥
一路西去

(2007)

马牙雪山

天已经开始暗了
很快,你就会看见
满脸苍白背着一大块冰
慢慢翻过马牙雪山的
今夜的月亮

(2007)

鸳鸯火车站

鸳鸯火车站是个慢车小站
快车不停

一列列火车从东往西从西往东
黄土高坡一路吼叫着就上来了下去了
我是说烧煤的蒸汽火车
这更像是那个爱喊口号的年代
一台台气喘吁吁的火车头
全都似脏兮兮的黑脸模范

鸳鸯火车站
荒凉,缺少云彩的遮掩
我的中学同学魏援朝,曾是鸳鸯火车站的工长,因半
　夜抢修线路故障,
大风把他从信号杆上刮下来,被一列急驰而过的火
　车轧死。

三十年前一个年轻生命的死亡
让荒凉蔓延——

我内心荒凉
乘坐火车又一次经过了鸳鸯火车站

(2008)

六 盘 山 下

（公元1227年7月25日成吉思汗逝于六盘山。）

　　他留下了一个帝国的心跳和北纬以北的天空
　　留下了五百名月光下颤若马兰的后妃
　　以及牛皮地图、生铁马镫、一个人膝盖里的黄金

　　六盘山下
　　世代居住着三个蒙古人、两个色目人、一个南人
　　和九个汉人的后代

（2008）

固原老街

一条老街
财神楼不高不低骑在街口石桥上
流水已涸,流水远嫁丝绸
街道左手是布匹店、青白盐店、铁器店等等
右手是中药铺、点心铺、又一家点心铺等等
户户门板窗框油腻
铜钱银元纸钞油腻
老街之外小城楼房正一层层增高
再高,或许就看见了丝绸流水
那是云朵的事,诗人的事
诗人从财神楼下走过
走远了,后悔没上桥去拜一拜
想想,那财神楼一把旧锁锁着
桥下,扑克牌赌钱的几个男人
正玩得热火

(2008)

车过黑风寺

如果是黑风寨黑风岗黑风坡
草莽英雄啸聚于此
黑风掠过,青草黄了

黑风寺,像位和尚蹲在路边
头顶戒疤,阿弥陀佛
他的前生他的来世
车窗外一闪而过

黑风寺
宁夏盐池与甘肃环县接壤处的一座小庙
这块土地多盐多碱少雨
大旱之年,时有干渴的麻雀
撞死在救人活命的送水车上

(2008)

子午岭学校

风声树声,学校安静
学生哗哗翻书
书上江山
八千里三万里移来挪去

秦始皇散步于子午岭秦直道
像是体育老师散步于学校空旷的操场

书上江山
散步者体内狮虎
躲在某个文言虚词后面低声咆哮
几乎让人相信
习性已改嗜纸喜墨

(2008)

周 祖 陵

　　八月剥枣,十月获稻
　　十一月的天气已经冷了
　　一头屏息敛气的饕餮兽
　　走下青铜大鼎
　　前来守陵

（2008）

澜 沧 江

汽车逆着澜沧江行驶
巨大的水声像是一大群人在喊口号
喊什么呢
傣族话纳西话白族话彝族话反正全不懂
你喊你的口号我看我的江水
云南的大象云南的鹰
云南的沙金埋在水底下
推一块大石头下去
五百年以后的一条汉子提前跳了江
澜沧江捂紧泥沙的嘴
也在听那一大群人喊什么

(2008)

敦煌书:树上千佛

每一片树叶上
都坐着一尊佛
看见佛的人比雨滴更小
看见佛的人
一转身
遇上了雨后树下散步的蚂蚁

(2009)

敦煌书:王沙奴供养像

　　　　王沙奴正往灯里添油
　　　　不管天黑天亮依然添油
　　　　一千多年过去了还在添油

　　　　世上大风呼啸
　　　　王沙奴守好一盏灯
　　　　这个女子一生的事情就是
　　　　守好一盏灯

　　　　　　　　　　　　　　（2009）

寻明月峡栈道不遇

昨夜有雨,路泥泞
水泥厂建筑工地泥泞
问栈道,不知
再问栈道,说要穿过泥泞的工地

马蹄溅泥,骑马的人早已成泥
泥是旧日山河的泥,栈道是古迹
想遥遥看上一眼
在水泥厂大烟囱还没矗立之前
泥泞后面还是泥泞
不见栈道

"五斗米道"一粒米一粒米藏了起来
白莲教风吹花落一瓣一瓣藏了起来
些微泥泞
一个帝国,六七个朝代就藏了起来

小镇集市上
无须叫卖的萝卜青菜惹人怜爱

(2009)

天水旧事

那一年
兰新线闪亮的铁轨修过了天水
从天水北道埠铁路机关大院出来的父亲
看见火车穿过隧洞开进月亮
又呼啸着一路向西
发着高烧的火车
一路向西

休息日父亲去散步
往东走走
离麦积山佛近些离远在千里的家感觉近些
佛在几十里以外
下山挑水的僧人半路收到了遣散回家的通知

那天,我和朋友在北道埠散步
月亮依旧,火车晚点
如同当年母亲和三个儿子乘坐的那列火车
月亮照着接站的父亲
残缺的月亮
像是那年火车一路向西留下的痕迹

(2010)

巴丹吉林

庙海子客店

我们住下
和门外一头闲逛的幼驼做邻居
井水刷牙
给自己一个充分的理由不用洗脚
醋溜白菜土豆丝下饭
沙葱再来一盘
米饭再来一碗

北斗七星早早等在外面
七个孩子一个比一个干净
假设我们迟到了
假设孩子们请庙海子寺院的佛
纠正我们曾经的错误
黑夜,可以掩饰我们的脸红吗

这一刻如果谁的表停了
那是因为有一颗流星奔跑着
在最后的时间推开了天堂的大门

让我得以看见
去世多年的父亲母亲
喜气洋洋,坐在
除夕夜一样所有房间灯光大亮的家里

今夜适合怀旧
经历过亲人死亡的人
并非心血来潮关心起了星星

夜,如果再静
就可以听见一头怀孕的母驼嚼草的声音了

在庙海子看星星

我仔细辨认着
从庙海子寺院背后升起来的第一颗星星
像是要从一粒种子中寻找出盛开的花朵

一位仰望夜空的诗人
听见了骆驼反刍的声音
痴心想把这声音改写成一首诗歌
然后,从这首诗歌中倒退着出来
倒退着,怀抱月亮
好似怀抱羊羔的牧人

只是不要转过身来
只是小心,煤炭一样的身体

如何为今夜的宗教燃烧

巴丹吉林沙漠越野车手何德军告诉我们

这儿有狐狸
红狐狸白狐狸
不管哪一只狐狸成精
就能多一个月下美人了
怕吗？喝了酒的男人个个是老虎

等不来狐狸
去看月亮
一颗流星坠落在沙丘后面
红狐狸白狐狸一头钻进沙棘丛里

月亮上的男人今夜失眠了
他的江山他的美人
月亮下的狐狸
学人走路
像是梦游者
还没走到九棵树的一户人家那儿
天就开始亮了

雅布赖盐场

简单形容,这儿生产白银
复杂形容,这儿出品哲学
哲学是盐

生活中少不了盐
虽然不能多——
这句话在雅布赖盐场千万别说

今天休息日
挖盐机熄火
如同一位诗人面对白纸无话可说
二十斤重挖盐的大勺子倚墙立着
亮晃晃英雄无用武之地
盐工三三两两玩牌看电视
窗台上晒着一双绣花鞋垫
与白银无关
与哲学无关
食堂姑娘面对几口大锅一摞硕大的蒸屉
趴在油渍斑斑的桌子上昏昏欲睡
天上的白云与一个人的睡眠无关

一条高出地面盐铺的路
仿佛洗了又洗的手，伸出去
抓一把是盐
再抓一把还是盐

(2010)

山河多黄金（组诗选章）
——甘肃文物启示录

史前含锡青铜短刀

何谓中华第一刀——
百步以外
嗅见血腥隐隐作响
英雄浪迹天涯
流水带走握刀的手

一个黑脸膛的铁匠
锻打淬火的手艺就要失传
他向我打探
一把含锡青铜短刀的下落

仰韶文化彩陶鲵鱼纹瓶

一尾瞪大眼睛的鱼
它的惊恐是人的美，并且
隐藏着一条河流的前世和
叫声
听过鱼叫吗

鲵鱼俗称娃娃鱼

娃娃鱼叫

看好家里吃奶的孩子别丢了

西周铜虎钺

这是一头走岔了路的老虎

一拐弯,进入一柄青铜钺

猫偷腥狗咬架

老虎看守千里河山

千里之外

传说中骑老虎的山鬼改骑狮子

偶尔还骑在一只公鸡的背上

公鸡叫鸣

太阳照着一头青铜老虎

西周玉人

玉人吹箫溧水寒

看守青铜鼎的饕餮兽探了探头

又退回墓里

孤单的玉人

散开兽首蛇身的螺髻

箫声娃娃鱼叫声月亮上的斧斫声
全是为一个朝代送别

(2010)

山 河 高 处

山河高处
更高处,高过白天
你或许就会看见
多吉家佛龛上供奉的那尊佛
盘腿坐在月亮上
仿佛正在邻居家串门一样

(2011)

与我生命相关的三座城市

天津:籍贯之城

七十二沽沽水阔,葛沽九桥十八庙
那一年回老家我六岁,坐木船过一条河
上岸,见沟汊小溪处处游动着虾米
透明,看得见内脏,没有坏心眼
1983年旅行结婚到天津
吃了狗不理包子吃螃蟹
价格不贵,小店拥挤
我和妻子脸对脸吃得津津有味满手油腻

海河的风吹着幸福的人
沿一条陌生的河流溯源
想起从未见过的爷爷
泛黄的相片上长袍马褂的爷爷
一脸严肃,像是谁弄坏了他的金壳怀表
天气好,教堂钟声响亮
清政府第一套大龙邮票在天津海关发行
那是1876年,爷爷十六岁
只身一人去了北平闯荡

皇帝住的地方大啊

护城河走船,天安门跑马

一匹马跑远了,再跑回来

成了不吃草的火车

那时候,最后一个皇帝还是小孩

火车吭吭吃吃冒着黑烟

似乎要把一个衰败的帝国拉入落日

北京:出生之城

我有一张北京铁路医院的出生证

一枚红印戳见证了一个新生命的诞生

北京是个大摇篮,摇啊摇

把一个婴儿的哭声

融汇进那个歌声、口号震天的时代

父亲带着两个哥哥在青砖缝隙长草的

天安门广场放风筝

风筝高啊,望见天津葛沽老家

有人挖盐晒盐,有人磕头烧香

有人换上军装乘一列闷罐火车赶往鸭绿江

我记住了母亲念叨的石驸马大街

哥哥上学的隆福寺小学

我们家住过的双辇胡同、光彩胡同

曾经的棺材胡同,取谐音改了名

名字当随时代,三个同龄孩子

一个叫建国,一个叫援朝,我叫向阳
灯市口照相馆拍下了我三岁那年
镁光灯下眯缝着眼睛怯生生的模样
光彩胡同后院老太监的小老婆
敲着水缸唱着京韵大鼓在骂街
大户人家门口颓圮的小石狮子日见风化
卖冰糖葫芦卖风车的小贩一路吆喝着远了

北京的春天风大
大风吹着火车一路向西
过了黄河,过了宝鸡、天水
发着高烧的火车
一路向西,穿过一个个隧洞穿过月亮
留下嫦娥、吴刚这对儿炼钢夫妻
谁家的孩子?坐在一张漫画的棉花上
代表一个时代,张开大嘴笑着

火车一声长鸣
停靠在了黄土山下的兰州火车站

兰州:生长之城

健康生活提倡少盐,那个年代缺糖
五个缺糖的孩子
仿佛一排高高低低的向日葵
一场雨,一个个就往上蹿一截
缺糖,但不缺少快乐

家住铁道边,看喷着蒸汽的黑火车像是大玩具
跑来跑去,更像是不知疲倦的脏孩子
直到有一天,二驴子的爸卧轨了
黑火车依然喷着蒸汽
跑来跑去,我的童年结束了

我想在这儿写下记忆中的一件事
那天,看见一只割开了喉管的大公鸡
扑扇着翅膀蹦达着
杀鸡人在一堵废弃的白墙上按了个血手印
紧挨一条斑驳的旧标语
是五指清晰的血手印
多少年的时间过去了
那条斑驳的旧标语写的什么内容呢
唤起了我什么样的感情呢

缺糖的年代
喷着蒸汽的黑火车用光了铁匠铺的铁
我一个早晨就浪费完了自己的童年

(2012)

扎 尕 那(选章)

1

1925 年,美籍奥地利裔植物学家洛克在昏暗的酥油灯下写日
记:
"我平生未见如此绮丽的景色。如果《创世纪》的作者曾看见迭
部的美景,将会把亚当和夏娃的诞生地放在这里……"

望着夜空中繁密的星星,洛克想起头人阿道家的女儿出嫁时的
热闹场面
以及为她拍照时,身穿长皮袄的新婚少女的喜悦和羞涩

洛克在为美国《国家地理》拍摄的一张张迭部照片后面记下时
间,然后写信:
"迭部是如此令人惊叹,如果不把这绝佳的地方拍摄下来,我会
感到是一种罪恶……"

如同一位世袭土司沉溺于陈年麝香诱惑中的传奇
洛克寄寓的院子里盛开着一大朵一大朵的紫斑牡丹
据说,这样大朵的紫斑牡丹根下面一定埋着鹰骨

2015年,我在扎尕那遥想裹着藏袍曾经住在这儿的洛克
藏族人相信鹰,洛克相信天堂
洛克的天堂多有迭部云杉和紫斑牡丹,我愿意相信
洛克藏在漂洋过海繁衍于美国的一朵紫斑牡丹里面,不出来

一朵紫斑牡丹代替了洛克黑白照片的脸

2

那时候,没有路
骑一匹马,再换一匹马
流星提着一盏酥油灯,那是给佛照亮的
燃灯佛喜欢,释迦牟尼佛喜欢,欢喜佛更喜欢

扎尕那兀自喜欢,不管元明清民国
土司为大,税收为大
京城太远,皇帝换了又换
扎尕那拉桑寺建于1645年,建时啥样现在还是啥样

那时候,老虎占林为王,豹子隔山相望
山上山下,一朵朵野花开得比碗大
那时候,据说佛从扎尕那走过
不知道有没有人看见

3

拉桑寺看不见,云雾太多
郎木寺看不见,云雾后面还隔着云雾

郎木寺天葬台看不见,一只孤单的旧靴子被草湮埋了

我住宿在卓玛九家,院子里一个男人在劈木头
他身后是摞得高高的木头架子、生绿苔的角落
长了一个挂着昨夜露水的花蘑菇,真好看

4

门外青山,仿佛自家亲戚
一点儿也不见外地就那么站着
站累了,风敲门
一只猫挤开门缝进了屋

山坡上有羊有牛,有三三两两散落的马
有云朵低低的落下来
像是要接一辆刚刚关了引擎的汽车
去天上观赏更美的风景

蜜蜂辛苦,让我得以享受蜜的甜
咬一口刚出锅的大饼,咬一口带蜡质蜂巢的蜜
喝一口微咸的酥油茶,再喝一口
蝴蝶辛苦,薄薄的花裙子有点凉了
所以,妄想提前迎接明天的日出

流水辛苦,推着转经轮日夜诵经
流水看见得太多,看见一个腰别藏刀的人
骑马下山去了,他其实没有仇人

没有黑熊没有野猪,只是用一把利刃装饰了自己

5

青山数座,塌板房木梯子楼上楼下
我只要一间,余下的当马圈牛圈,青稞丰收的粮仓
白云多,我写篆字书法;黑云多,我画泼墨大写意
骑马的邮差来了,特快专递走了半个多月
我喜欢读报纸上的旧闻,像是欣赏文物

清顺治二年,建拉桑寺
僧人或多或少,晚课结束,须敲锣
锣声响,我该出门了
花开即佛
真好,我热爱这样的生活

6

群峰环列,扎尕那四周的岩壁一律冷峻的男人模样
塌板房散落在高高低低的谷地上,炊烟扰乱了黄昏的寂静
一只黑黑的红嘴鸦仿佛提前到来的夜晚
停在我身体里一头牦牛的犄角上
红嘴鸦的红嘴,恍若一篇与甘南红玛瑙有关的神话
我愿意继续神话,放身体里的牦牛出来
给牦牛系上红绳子,表示这是一头放生的牦牛
去吃青草吧,别吃穷人家的青稞
去后山转悠吧,别遇见雪豹
遇见喇嘛要让路,遇见村长要低头

遇见红红的落日,恍若喝醉酒的醉汉
如果真遇见一个摇摇晃晃的醉汉,那就驮他回家

7

有福的人,透过高高的晾晒青稞的木架子
可以看见佛在云雾上面
佛喜欢秋天,喜欢唐代以前
一块岩石长出了佛的发髻
一棵参天的古木,树脂里藏着密咒
流水转动经轮,高处寒冷
高处下来一个骑马的藏人,裹着一身没有褪尽的夜色
我忽然相信,如果他开口
一定是来告诉我们这个早晨佛的消息

8

雨从黄昏开始,下了一夜
天上那么多那么多的星星,全都躲雨去了吗
那头冷得瑟瑟发抖的小牛犊含泪的眼睛——为什么含泪呢
一个年轻喇嘛从雨中走过,他走路的声音很响
扎尕那又一个寂静的早晨,就这样跟着他泥泞地走向了白天

10

我奢望,过了这座挂满经幡的木桥
她就径直走进我的记忆
继续背着新打制的还愿的金灿灿的黄铜转经筒
因为她,我想说

山河旧的好,扎尕那新的旧的依然好
十三岁或者十五岁的她,刚刚好
背着金灿灿的黄铜转经筒
成为扎尕那的锦绣风景

12

大熊猫在山的那边,一朵带雨的云湿了这边也湿了那边
豹子在山的那边,有人家的墙上还挂着装火药的叉子枪
一头馋嘴贪食蜂蜜的黑熊被猎杀,熊掌辗转多省贩卖到了南方
那是哪一年的事情?当年侦办此案的小警察如今当了派出所长
山上的挖矿者换了一批又一批,有人发了大财去寺里还愿
有人看见一辆大卡车一头扎进白龙江,霎时间就不见了踪影
村子口一棵大树下的石头上,闲坐着几个老人
磕头转经岁月的沧桑,让他们似乎都有了几分长皱纹的佛的模
　样

15

瀑布跳下悬崖,有命案的人远走他乡
为财产,为酗酒,或者就是一根牛毛大的事情
他消失在黑夜后面,如同一颗流星
没有人知道会坠落在什么地方

哑巴遇见歌手,刀子遇见血
二十年后,被捅死的人又是一条好汉
流星坠落的地方,有人挖一口深井
先把前半生埋了,再把后半生埋了

洮迭古道若一根牛皮井绳,一个井底观天的人
知道一星半点星相之术:斗柄西指,天下皆秋
草埋了古道,天下
一条命

17

扎尕那,此一刻黄昏的天空只有乌云没有下雨
乌云里藏着神话,我祈盼
如果下小雨,那或许是谁家刚刚降生的羊羔开口叫出第一声
　"咩"
如果下大雨,那或许是玉带海雕无意之中飞进了乌云里的神话

扎尕那,我看见一位背着金灿灿黄铜转经筒的藏族妇女缓步走
　来
我看见又一位背着金灿灿黄铜转经筒的藏族妇女缓步走来
随后,是四个背着金灿灿黄铜转经筒的藏族女孩子,她们的服饰
　让我眼花缭乱
如同风吹动经幡,经幡上密密麻麻的藏文字母和鸟兽图案让我
　眼花缭乱

扎尕那,站在高处看凹处的塌板房
一间间湿漉漉的塌板房像是雾气笼罩中的大蘑菇,总也晒不干
水泥建筑像什么? 实在想不出来
想出来想不出来,天已经黑了

天黑了，远处柴油发电机的声音仿佛这个夜晚的鼾声
人的鼾声牛羊的鼾声神的鼾声混杂在一起
被流水推动的一排排转经轮送到很远很远的地方

现在，请允许我把扎尕那简单的记在这里
还有黑暗中的转经筒那看不见的金灿灿黄铜的闪耀
一并记在这里

        （2015）

藏族画家奥登说

奥登说,那是一个月黑之夜
一头上千公斤的牦牛被狼咬掉了半边的睾丸

一头牦牛的疼,瞬时间让马牙雪山失去了平衡
趔趔趄趄的马牙雪山,使我的诗意有点残忍

奥登一边喝酥油茶一边和我们聊着家常
帐篷外,积雪的缓坡上高山杜鹃开成一片

(2015)

大 夏 河

（纪念28岁去世的大哥，他曾在临夏工作过。）

1

想起一个人，从大夏河边走过

走过，年轻的背影伴着礼拜的钟声和略略的尘埃

他一次次走过，拐进一栋青砖平房

房瓦上栖落着鸽子，不急着推门进屋

他喜欢有一封家信在身后追着他

他喜欢集邮，喜欢自己和自己下象棋

喜欢一个人静静地想

想起一个人，他不在

知道他的地址，没有他的消息

找他，在礼拜的钟声和略略的尘埃中

像是一块旧手表在找过去的时间

找他

2

大夏河记得一个背影，刚刚摆脱身体里学生时代的喧嚣

打篮球，吹一口好笛子

十五十六的月亮分别贴上邮票,寄给父母和朋友
枸杞菊花冰糖春尖茶刮碗子,好喝
皮毛集市闹哄哄袖筒里捏指头交易,新鲜
一个热衷打鸡血的时代还没有结束
他养了一玻璃缸的金鱼,和时代一起眼花缭乱
白帽子花盖头芍药牡丹眼花缭乱

那个冬天结冰太早,大夏河停在门前等他
他的锦绣他的波澜,,冒着一场提前到来的大雪
他和大夏河交换了年轻的心脏

(2015)

新编《河州令》

上去高山望平川,平川里有一朵牡丹
看去时容易摘去时难,摘不到手里是枉然

面对这一朵白天一样的白牡丹
我词不达意地说:晚安

(2015)

礼县秦公墓青铜回头虎

牧马人的后代何时把马嘶变成了虎啸
虎啸,露出牙齿
青铜剥蚀,西汉水寒
一只老虎回头
望了望
落日斑斓,天下正乱

(2016)

礼县桃花山

据说,刑天葬首于此
刑天舞干戚,先把脑袋安顿好
然后继续提着盾牌举着大斧挥舞
刑天累了,且打盹千年再说

桃花开了败了,桃花山下
一座早已废弃的刑场
一桩多年前的冤假命案
一个阴魂不散的女子
有人看见她披头散发,口红比血还红

此一时间,夕阳若
当年县政府门口死刑公告上的大红印章
悬挂在桃花山顶,迟迟不肯落下

(2016)

闻 鸡 起 舞

鸡叫三遍,从来没听过鸡叫四遍五遍
村子里叫错点的鸡都被杀了,他老是惦记着
家里这只红冠子大公鸡如果叫错了多好啊
可以不摸黑起床了,暖暖和和跟太阳一起醒来
锅里炖着香喷喷的鸡肉,多好啊
鸡叫三遍,爷爷喊他起床上学
十里之外的学校,一个乡村孩子一边走路一边瞌睡
月亮陪着瞌睡的孩子,一边走路一边瞌睡

多年之后,他写下一首诗的标题:闻鸡起舞
爷爷呢?那只追着啄陌生人的大公鸡呢
仿佛一个孩子迷迷怔怔的瞌睡
家门口那条细弱的河水
流远了

(2016)

附录:真实,温暖而苍凉

——阳飏、人邻、娜夜、阿信、古马的事与诗

于贵锋

美好的事物就在你身边,而你错过了,你甚至都没有和懂得这些美好事物的人说会儿话,喝点小酒。而原本是有机会的,却因为我们的狭窄和自大错过了。但担忧是徒劳的,"非相见"依然不断地发生。此种遗憾,让我在这几年,一边不断地打开自己,以期出现新的"相遇";一边开始不断回望,时时在夜深人静时分,注视着一路走来,一路在我身边不断鼓励、帮助且让我终于走出浮躁、静心而为的老师、朋友们。

你看,阳飏来了,还是戴着那顶帽子,双手抱在胸前;你看,人邻来了,背着一个古老而时尚的帆布挎包;你看,娜夜来了,风吹着有也吹着无;阿信也来了,拿着一朵采摘自草原的未具姓名的花朵;还有古马,他从一个电话里走出来,迈着和我一样的八字步……或独自,或结伴,他们不断地走进我的心里,在这苍茫的人世,给我安慰,但不给任何压力;他们有时说诗歌,有时谈人生,他们按自己的方式生活着、写作着。

上篇:事·词·物

⊙时代简历。"使我最终虚度一生的/不会是别的/是我所

受的教育　和再教育"。娜夜这首《个人简历》,几乎勾勒出一个时代的轮廓,和一代人最难以忘怀、因而也倍受其影响的生存背景。从阳飏出生的1953年算起,至今正好一甲子,可算完整的一代人。在这六十年中,无论是中国社会还是似乎遥远的世界,虽然期间没有一战、二战这样大规模的战争,但发生的触及人类心灵、改变人们生活方式的各类事件,仍旧波诡云谲、惊心动魄。

"人最宝贵的东西是生命,生命属于每个人只有一次……"是的,那个年代过来的人(其实,现在课本上还有)都知道接下来是什么:我们不能虚度年华;我们应该把一生献给世界上最壮丽的事业——为人类的解放而斗争。一开始,我们就被告知,生命是宝贵的,但生命不属于自己;我们要胸怀全世界,勇于奉献自己的生命。这是最最(原谅我忍不住还在使用这样的词)正统的教育。而这种教育的土壤上,也生长出一些其他的植物:钢铁,饥饿,改造,"文革",红卫兵,笔记本,虱子,神,样板戏……

这是猜测和虚构吗?不是!是经历,灵魂和肉体的双重经历。这个初始的过程,对于身处其中的人,因为年龄差异而影响程度可能不同,但只要是经历,就不可抹去。诗人作为生命个体,已经经历过教育或再教育,或已经双重经历,并将继续经历。而物质的匮乏、精神的匮乏之后,就是信息的爆炸……,原本被压抑的东西,善的、恶的、丑的、美的、真的、假的,一股脑儿地涌了来,我们都被淹没了。而技术的作用,更是让这个世界发了疯地向前。由于这现实的甜蜜性,人们更是乐在其中,缺少了反思的意识。无论如何,我们每一个人,都可拿时代的强力和个体的弱小作为借口,安然地蜷缩在时代的丝绸睡衣里,看电视,或做梦。苦尽甘来,不都是我们全部努力的初衷和理想吗?

或许我们应该看得更远?地理的边界和思想的边界稍稍延展以后,我们很快地把不同肤色的人抛诸身后,以方便面、炸鸡腿的速度膨胀,不仅和流行的生活方式接了轨,更是快速地吃完了早已摆在我们面前的各种存在的、符号的、现象的等等文化食物。我们没有独立的个体,但我们一致认为我们拥有了自由。

对于80后、90后,甚至一些在城市长大的70后来说,似乎可以不管这些。在现代化的建筑里,他们有自己的梦。但阳飏、人邻他们得面对,但娜夜、阿信、古马也得面对。因为在他们所接受的教育里面,还有来自生活的、来自历史的、文化的一面。爱、善良、对美好事物的渴望,对生命的珍视,这些基本的东西,无论生活多么艰难,无论时代多么严厉,都存活了下来。这既是他们做人的底色,也是他们诗歌的底色。

⊙退休。正是10年前,在一篇文章中,我把李老乡的退休当成一件大事来谈,借助时光瞥了一眼甘肃老一辈诗人骄傲而略显弯曲的背影。李老乡和我这篇文章中涉及的五人之间,生活或诗歌有千丝万缕的联系,我见过一次,人精瘦精瘦,有奇相,如同他的诗,近七十岁的人,还是酒气飞扬(多快啊,在我微改这篇文章之前两个月,李老乡已经在天津仙逝)。那次他没有因之前文字中的杂音兴师问罪于我,让我很是感慨。癸巳年六月某日,有人轻轻说,阳飏退休了(现在,人邻也退休了)。和无数事业单位中的人一样,说退就退了。一点动静也没有。或是和单位的人一块坐了坐吧?或是没有,原本在平常的日子里,他们也难得见上一面。隔着嘈杂的人声和一张桌子,我特意多看了几眼。他似乎还是十年前见到的样子,不显老,还是那么具有活力。我说,老哥,我敬你一杯。"都少喝点,少喝点",他还是那样随意。不知为什么,我内心一片断裂声。

⊙酒。常言道,诗酒不分家。没有诗也可以喝酒。写散文、小说也可以喝酒,不写作也行。人邻的《好酒记》中,有一段说到在小店淘到的产于1987年的凉州二曲,我机缘凑巧有幸获赠五六瓶。我不懂酒,但凉州二曲,让我体会了真正的"醉意"。记忆最深的,是那次在群英楼三四个人喝完后,我浑身热热的,坐道牙上起不来,下起了雪,雪花飘在脸上,那个一丝丝、凉凉的感觉,真舒服呀。好像这样的"醉态",在他们那儿是小巫见大巫。一次,阳飏、娜夜、古马三人喝酒,一个晚上连换了三家酒店,这家打烊到那家,最后一家到了凌晨一点多;见他们还酒兴正酣,服务人员熬不过干脆拒绝卖酒……。而醉了的阿信,会拉住别人一直谈诗,有次直谈得阳飏、娜夜溜之大吉,只留下古马面对窄小房间的墙壁,无处可躲,便将阿信的声音一同蜷缩在身体里。兰州夏天雨多,也下得好,往往是黄昏或晚上,一阵雨冲洗一番,不多不少,把世界冲洗干净了,就停住,我们被灰尘压着的身心也突然清爽,于是发誓不再喝那么多的酒。

⊙诗。谈到诗歌,没有人会相让,甚至会争得面红耳赤,甚至会伤到"和气"。因为诗歌是自己的孩子,没有人不尽心呵护。他们写作,他们争论,但最终还是因为诗歌的纯净,而在内心更加亲近。因为诗,阳飏和人邻相识已三十多年,一起起笔名,一起投稿,一起办报纸,一起成名或无名,一起获奖或不获奖。娜夜、阿信、古马相识的同时,也几乎和阳飏、人邻相识了,屈指算来,也二十多年了。谁也没想到,这样不经意的相识,由于他们的诗歌和为人,竟然在不知不觉间,形成了甘肃以兰州为中心的一个良好的诗歌生态环境,并成为这环境得以良好发展的重要因素和重要构成部分。不管官方,还是民间;不管体制内还是体制外,不管学院派还是口语化,他们伸出各自的触须,传递给这世界一份诗歌的温暖。像阳飏在主编的刊物上开辟足够多的版面发表诗歌,而人邻尽可能站在一个开放包容的心态撰写评介文字,古马、娜夜、阿信也是利用一切可能推荐其他的甘肃诗歌作者。他们的努力,汇集起更多的温暖。也正是在这样的基础上,阳飏作为许多年轻诗人心目中的"老大哥"并非徒有虚名,人邻的低调反而吸引了更多关注,娜夜则在是非横飞的诗坛赢得普遍的尊敬,阿信的心胸被人不断称颂,古马更像是一个声闻诗歌之事便热心奔赴和服务的使者。

⊙孩子。阳飏儿子读博士即将毕业,学的是宗教哲学。读过他的论文,很深奥,与阳飏的感性形成巨大反差。人邻女儿也已在外地工作,他每年要去看望两三次。古马家的那颗星星去当兵了,当年把古马收藏的名家对联拿到一朋友处换雪糕,据说作为趣事的证据,那对联还在被珍藏,而且是错对的。阿信的儿子,听起来叫"牧童",但不是在草原上,而是在兰州上高中。娜夜,记得我读过她的两句诗:"我爱什么——在这苍茫的人世啊/什么就是我的宝贝"。我当时说,优雅的娜夜说出了如此"霸道"的话,这已经是上帝(如果上帝是女性的话)的声音。但我不知道,霸道的是那个真正的上帝,他紧紧攥住的是一个人的心脏。而就在今年,当我读到娜夜"一些事物的美在于它的阴影/另一个角度:没有孩子使我们得以完整"这样的诗句,我心惊于美的代价和一句看似轻描淡写的诗句背后的重量,或许我得以安慰自己的只能是"上帝关闭一扇门/必然打开另一扇门"这样的老生常谈。在那篇短小文章中,直到现在,我忍住的是泪水。我爱什么——在这苍茫的人世啊,什么就是我的宝贝。——当然在此后四年中,孩子们也真的长大了,有的孩子已经有了自己的孩子……

⊙致敬。而在他们对诗歌的尊崇中,一个人的"羞涩与庄严"始终存在。人面对这个世界,可能茫然的时候更多。而要站得稍稳一点,就得尽量控制住内心的恐惧和不安。抛开自己的推测,试着和这个世界像面对陌生人那样沟通、交流,怀有对事物的敬畏之心,怀着热爱,那么,无论是谁,无论经历了怎样的磨难,无论结果如何,羞涩将是他最真实的表情和内心。只有这样,我们的感觉才是敏锐的,才有可能觉察到那些细微的而常常被我们忽略的疼痛。这种真诚的羞涩,也透出一种庄严。昌耀就是这样一个人。而同处西北高地的一群写作者,和昌耀是"同气连枝"吧。阳飏自不必说,一首《青海湖长短三句话》,足可对得起昌耀曾走过的那片土地。而内敛的人邻,在一篇文章中提到,他见过昌耀两三次,被他对诗歌的执着所感动。古马,以他的《大河源》与昌耀的《慈航》遥相呼应。阿信近作《大地西行》就是献给那片"父兄般沉默的青海大地"。而娜夜在《哀悼——致诗人昌耀》中写道:"那俯冲而来又弥漫开去的苍茫/为一个低垂的头颅/留下了哀悼的位置"。不相信吗?阿信和娜夜就曾在八十年代后期结伴去青海找过昌耀,因为在西宁的饭桌上和某诗人对昌耀的不同看法而不快,而不欢而散。西宁漆黑的大街上,喝得东倒西歪却不忘保护娜夜的阿信,手里一直紧攥着一块石头,从黑夜攥到黎明,从西宁一直攥到兰州。这里面,还是羞涩与庄严。

⊙自我确认。昌耀走了,完成了自己的命运之书;活着的,无论是作为个体的生命还是诗人,还得不断找寻自己。而我们的时代,物质的丰富,并没有打破固有的框架和秩序,一个人要想获得精神上的独立比往日更为艰难。最基本的,更多的人在"个性"的幌子下,早已完美得没有了任何问题。"自我"是一种什么东西?是你渴望的还是令你恐惧和厌恶的?甚至这提问都是可笑的。但我们可能忘了娜夜所说的"教育和再教育"。……个体的觉悟者,少而又少,倾其一生,也不见得能完成觉悟后的自我救赎,因为,教育将伴随着人生的始终,还在一次次把个体赶往割鹿茸的设施。如果想稍微溢出,就得选择。在写作之前,就得选择。而这一切选择,如果是诚实的,必然立足于自己的生活和生命经历。他们选择了,除了诗歌之外,他们选择真实。

⊙SARS 和 H7N9。正是非典时期,兰州住了十数年,我终于认识了名声日沸的一帮诗人文人,其中包括阳飏、人邻、娜夜、阿信、古马等。2013 年,禽流感。这十年中,变的和不变的是什么?大到流星陨灭、世界政权更迭,小到草木荣枯、个体生死,经历的人,或许都会思考。期间,甚至我们的生命观也会发生变化。我们思考问题的方式,也会受到影响。但我说的是,在这十年,诗歌的病毒浸我更深,而我也被写作这些诗歌的人对事情的态度所影响。不错,外力的挤压下,我们都会逃避,逃避自我,放弃自己热爱的事物。这十年来,最大的难处恐怕在于,是如何回到自身的现实中来。名字换了,而病毒并没有消失。惶恐依然,不安全感依然。这种情况下,人和写作,都面临着困境。细想想,我之所以被这群人深深吸引的根本原因就在于,他们保持了一个普通人面对生活的困境时,以及一个写作者面对生命、思想和语言的困境时,那种喜怒哀乐、那种惶然和坚定的真实性。他们并没有逃避自己的生活,也没有凌驾于自己的生活。真实的生存,依然大于写作。

⊙寻找。生命的尊严,依然很难发芽。过度的沉溺内心和自我,则必然面临着对自我的价值评估和验证,历史多有不确定性和转述性,现实又是复杂和残酷的,而大自然正是人类最好的良师益友。寻找是必然的,因为所有的发现和认知就是,外在的事物激发内心尚未显现的部分。于是,阳飏他们相同于或不同于大多数旅行者的漫游开始了。说相同是因为,他们不避那些风景名胜,也会被看见的美所陶醉;不同的是,他们除了雪山、草地、寺庙、遗址等等之外,他们也去一些多数人不愿意去的地方,他们去北方也去南方,去江南小城也去广袤沙漠,他们会在一个小镇、小旅店住下来,会坐在一家小酒店喝两杯,会和那儿的朋友见一面或不见,会在沙漠的中心住一晚看星群满天,当然也曾夜半推开草原上的一扇小窗看一匹静美的马……。是的,在漫游中,"……仅余呼吸。和这天地间寂寞之大美。"(阿信《湖畔·黄昏》)。大自然抛弃了我们,而我们不能抛弃大自然。也正如人邻所说,"我们和自然共存的时候,才不会孤独"。不断离开生活的城市,不断回来。古马有首《归来》,恰切表达了这种"漫游"的实质:"两手空空我从外面回来了/牵牛花和青藤的柴门/是我站在露水中的哑妻/我空空的两手一点灰尘都不带/展开双臂便能拥有今夜的你们/妻儿呀"。我认为,这正是一千多年后,古马作为现代人,和古代王维们之间一种有趣的问答。但人类的某些精神,就在这一问一答中,得以延续和贯通,令人顿悟"诗歌原本就是心灵的在场"。但无疑,回归心灵的路,是漫长的。也就是说,我身边的这群朋友们,在这样一个时代里,尽自己努力,进行着自身艰难的寻找,从划定的线路上,悄然旁出或后撤。他们找到的,更多是对内心的确认,和对事物的热爱。

⊙杜依未。一次,阿信、娜夜他们五人去玛曲,看到一种花,就问藏族小孩,小孩说是"DUYIWEI"。阿信对娜夜说,就叫"杜依未"吧,娜夜说行。一种事物就这样被他们"命名"了。阿信据此写了一篇文章《花与寺》,一开篇就珍重介绍:"杜依未,花名,叶茎土黄,花冠呈明黄色,叶肥大,覆地。"这是一朵花的名字,但你在字典和植物学书籍中查不到。可这种花确实存在,就生长在甘南藏区。我一下就记住了这朵花。不是因为阿信说让他联想到明黄少女或法事中的喇嘛,而是因为"杜依未"这三个音节,打开了阿信,让阿信相信"这是一种处在轮回中的花朵",它让喇嘛和明黄裙衫的少女,一瞬间成为同一种事物。你接纳、热爱事物,事物也带给你心灵的通畅,此难道不是人间美事?在甘南,"黑措"、"藏羚羊"、"尕海"等词和事物,都能打开灵魂的通道。

⊙歌。其实,一个人敞开自己,除了自己和非常了解的人,其他人是很难察觉到的。阳飏的《槐花开了》,许多人都说好,但只有人邻发现了一种新的东西。他说:"我感到另一扇门打开了,诗人内心似乎还未曾更多展示过的细腻、敏感、微妙的魅影出现了。"不同的人敞开的方式不同,比如阿信可能是"醉后吐真言"。但也有唱歌的,当然不是在歌厅的吼叫,而是在几个人的小范围内,突然有唱的兴致,清唱。见人邻唱过两次,但都只赶上"余音",山西、陕西的一些小调,一顿一挫,唱得很镇定。娜夜的草原歌唱得辽阔悠远,但她怯场认生,很少唱;记得有一次,大家聊得非常开心,她忽然唱起了当时刚流行的《两只蝴蝶》,"亲爱的,你慢慢飞",忘了是谁,还在歌声中邀娜夜翩然起舞。至于古马,朋友们对他的歌声都非常熟悉了,酒喝得多一点时,会撩起上衣,露出那条阑尾手术的"生育线",摸着肚皮,开唱,——他的歌声确实非常独特,"霜杀的嗓子",最喜欢唱凉州小调,那歌词和声音朦朦的、骚骚的、野野的,在安静的夜晚突然响起,身上确实有一种麻酥酥的感觉。

⊙唱和。阳飏和人邻之间,这么多年,至少这十年,他们之间的交流我看到的都是小声的,这是谁也无法替代的一种默契,也许在他们之间,有一种潜在的约定,不相互附和,不在别人面前相互反对。《甘南草原四句》,是阳飏写给阿信的:"我不好意思抬脚踩进去/那是朋友阿信写诗的地方",朋友们都说,这是"眼前有景道不得/崔颢题诗在上头",实际上,也是阳飏对阿信的尊敬和称道。面对蜂拥而至的一拨拨人潮,娜夜请求"不要轻易去打扰那个叫阿信的诗人"(《在甘南草原》)。阿信则在诗中描述"寺院的下午/以及娜夜的发辫"。在阿信给古马的一封信中,又有这样的话:在这个干燥的冬天,能读到你的诗,真是一种享受。……尤其是《昼·夜》和《蒙古马》……,是一种真正的春秋笔法,这显然已不仅是技巧问题了,而是对生命、历史的一种深刻理解,它完成了对湮没在苍茫历史(时间)中的生命信息的传递。这样的惺惺相惜和理解,已经过去近十年,也许阿信忘了,但古马却一直珍藏着,作为来自另一个优秀诗人的一种写作激励。古马也专门写有给阳飏和人邻的诗,其中一首中有两句是"任何言语/都是多余",确实是道出了熟知的朋友们之间一种健康的常态;而古马对于阿信的友情,在其长诗《大河源》中,以一种生命的"事件"方式被再次提及:她把一只装满干花的枕头"送给我在草原上教书的寂寞的朋友……/我那位朋友曾经喟叹,在他懵懂未醒时/那女子却已远走天涯,杳如黄鹤/……要是枕着山坡一起看看白云,不说话也好啊……"。最近读到的是阿信写给人邻的《雨季》,有一种深情、寂寞、时光流逝的促迫和透彻,读着《雨季》,我的心里也长满了蘑菇。

⊙河水。黄河,穿兰州东去。河水消涨,草木荣枯。就在这两岸,有群用语言做梦的人。有多少次,他们沿河散步,或坐在河边喝茶。兰山和白塔山,南北夹住,他们的思绪更多地被流水带走,飘到很远的地方;有时也会注视那瑟瑟的河水上的夕照,以及岸边的柳树、槐树、芦苇,和河洲上的麻鸭。那些虫子,那些果子,那些水分子。它们和人一样,生长,枯萎;也和人不一样,因为在寒冬之后,冰块会裂开,它们的芽从草根和树干上呼啦啦冒出来,带来温暖。在这中间,朋友们相聚,有时打电话,人邻正在给女儿做饭。而有好几次,坐到晚八点左右,阳飏就赶回去,陪侍高龄老母。也就是在一个个黄昏,娜夜陪母亲买菜、散步。而远方,黄河拐弯处,或许阿信正站在讲台上,给同学们介绍着阳飏、人邻、古马、娜夜。当发现好书时,有时会多买一本送给朋友;当然一直记得在一段时间,朋友们之间互相传阅高尔泰的作品,他说美就是自由。在这时候,想起的温暖越多,突然涌起的悲伤就越多。有一次,阳飏、人邻、娜夜、古马他们在河边聊天,聊着聊着就沉默了,美丽的娜夜哼了一句"我来自偶然,像一颗尘埃",眼泪就哗哗流了下来,水向东去风往北吹,哥几个也对着黄河大哭。其实我也见过,古马在他母亲去世后,在巴丹吉林沙漠腹地,他一边喝酒,一边唱歌;然后,在兰州,在一个小饭店,看到他刚写完的《巴丹吉林:酒杯或银子的烛台》诗稿才知道,那时泪水从心里流进了这些文字,接着是一行文字一杯酒,一杯酒一行泪。不要说亲人的离去,即便离开一个生长的环境,我们也会有被掏空的不安,仿佛,离去并不能带走什么,那些温暖的事物还在原来的地方。在读娜夜的《向西》一诗时,我体会到了新的向度,但没想到,这也是娜夜离开兰州到长安、重庆后,情感上一种真诚的呼唤。在电话中和她交流这首诗时,她说,"当我离开/这世上多出一个孤儿",这感觉绝对是真的。她说起和兰州朋友们敞开心扉谈诗谈人生的往昔时光,声音哽咽了。她说到诗刊社第十四届青春诗会结束后古马离开北京去天津,她也即将回到南京大学,和古马挥别,那突然止不住的泪水,那突然的留恋;2012年她返回兰州,古马安排了一次草原行,回来后她写了《大于诗的事物》等一批诗,她说,友情、生命、爱和美,这些都是大于诗的事物。我听得出,她在控制着自己的情绪,以免再度哽咽。

  正如人邻在《手艺》所说,所有的生命,"有事物的肥暖,也有流逝的苍凉。"生命中的人与事,给予我们的温暖越多,离去或失去带来的痛苦就越深,再深,就是荒凉。这荒凉慢慢会侵蚀到骨髓,不由人不珍惜,不由人不向往温暖。黄河之畔,是诗歌的港湾,也是心灵的栖息地。

下篇：文本的现实

当写下这个题目时，我知道这有多难。毕竟，他们五个人的诗歌文本，各自独立。独立，就是价值所在。

⊙ 作为出发点的生命和写作的关系

生命个体的孤独，是注定的结局。在这迫近的结局中，作为写作者又该如何面对？这取决于我们对"未来"的自我判断，而这判断，构成各自的人生以及写作态度。最终将生活在技术中，还是更接近于自然，是绝望、希望，还是希望中的绝望、绝望中的希望，人，他用自己每时每刻的行动做着判断，而一个写作者，由于他真诚地忠实于自己，写作本身强行的试图改变就是一种对内心的违背。

相比于一个人的生命或经历，诗歌是衍生物。没有诗歌，他经历的依然会经历。诗歌的存在，不仅仅在提醒一个人的存在，更是在提醒文字、语言的存在。或许，诗歌是生命的一部分。但它不是自然而然成为人的一部分，而是逐渐要求"独立"，具有自己的生命主体。当它看见写作者要滑向深渊或撞向玻璃的时候，它会试图影响他、提醒他、让他转向。

写作和生命之间，相互生成，又相互矛盾。这种基本框架作为写作基础，时时作用于写作者。因此，我对一个写作者的信任非常简单，就看他是否真诚，是否从自己的生活出发，触及生存；是否遵从自己的内心，以试图首先解决自己的问题。正是在这样的出发点上，看他们乃至甘肃的诗歌，才会进一步理解诗歌的自我庄严，也才不会因为外力影响而妄自菲薄。

⊙撇清几个概念进行潜在的辩驳

时代与在场。每一个人都在自己的时代中。说超越也只是建立在某种假设的前提下,假设他超越的是时代没有的。殊不知这种所谓超越也是时代带来的。时代,这是一个政治、历史、时间、地理等等的综合体,从不同的路径,它给每一个人打上自己的烙印。从时间上来说,不同的人有不同的时代;或者从每一个角度来讲,都可以这么说。从写作的立场,说一个人的写作反映了时代,这等于没说。而以此评价一个人的写作好坏,你得看看他所谓的时代究竟指什么。**在我理解,时代就是一个写作者的生活、生存背景**。历史也是背景。站在背景的前面,写作本身就是一种在场。时代就是一个片段而已,历史就是感觉上稍大点的碎片,时间的、空间的、政治的和根深叶茂的生活的碎片。人是碎片的碎片,山是碎片,草叶也是。就是在这样的"背景"前面,我们才看到了阳飏、人邻他们几个人清晰的身影。表面上,他们都不是直接去写他们经历时代的大的变化,但各有侧重。阳飏自不必说,本身就有许多写"年代"、"历史"的作品,但落实到"人"上;娜夜则有《个人简历》、《生活》、《起风了》等等那样和时代紧密相关的作品;古马落在"情"上;人邻稍微复杂点,落在了自然的、时代的"物"上;阿信则落在了自己对待事物的态度和声音上。

现实与良知。说奇怪也不奇怪,深受苏联影响的中国现当代文学,用其理论去套用了屈原、李白、杜甫,因而也忽视着陶渊明、王维等。写作在更多的时候,已经不是对内心的一种语言表达,而是站在社会学、实用学的角度,要求体现为一种道德诉求。实际上,写作只要是从自己的真实生活出发,就已经是现实的。

个人的现实,比如油盐酱醋茶,也是一种现实,甚至可能是比动车相撞等更大的现实。事件不是现实,是现象;作者和现象之间的深度关联,应该源于生命的感受,而不是借助道德概念等。这一点,《文心雕龙》关于"为情造文"和"为文造情"的表述中已说得很清楚。在我看来,在这种写作中被肯定的"同情",是站在一个不同的情感空间里发出的,带有施与的特点,这对于现象中的受害者是不公平的,受害者要求的是公平、公正下的生命尊严。这种"同情",因而不是良知或者良知范围的扩大。

或许对作家应提出的唯一要求就是:从真实出发。"对真实的热情追求",这是米沃什给诗歌下的定义。正是立足于真实,在对庸俗社会诗学和新闻学的反对中,这个时代许多优秀的诗人共同努力,建立了以尊重个体生命为核心价值的诗学基础。在这个过程,真诚是诗歌的入口,而不是逃避的暗道。应该说,在这一点上,阳飐他们几个人自身早已突破了这种"现实/社会诗学"的固定模式,形成一种更为自由的"生命/自然诗学"。当一个人突破根深蒂固的诗学理论框架,而宁愿将自己的写作,归于个人的生命经历记录时,看似细微,但他避免了被同化,且发出了自己的声音,那种真的、也还是热爱的,但已经带有沉思的声音。更进一步说,对于他们来说,所谓的"现实",不是看有没有,而是看这是不是自己的现实,是不是在外部的影响下,把别人的问题当成了自己的问题。

诗与西部诗。如同一个人不能选择自己的出生地,身处甘肃或在甘肃写诗,就被别人称为"甘肃诗人",原本意思很简单,但有些人还要与"中国诗人"区别开来。西部诗也是这样。不管自称还是评论家的命名,这个词确实存在了多年,现在要我们接受,要我们首先把自己纳入其中,更发展到,将历史中的"边塞诗"(还是一种表面的指称)和其联系起来,说是有一种"西部诗"精神。这个地域的诗人,符合"西部诗精神"就是优秀,不符合就是脱离自己的根。还有,西部之外的一些诗人,在评价这些诗人时,也是拿这个框架去套,记得有次投稿,人家退稿,说是在西部诗中没有写出自己的优势来。哦,这些很吊诡,但不得不面对。这可能就是我们的一种现实语境。实际上"西部诗"是一顶帽子而已。摘掉它,人还是人,诗还是诗。诗涉及地域性,但地域性也无需去贴标签,在一个地方生长的人,他的血液和文字中不可能没有这个地方的自然/地理,也当然涉及文化;而无论或隐或显的地域性,都是一种背景,都在时光中化为一种气息,渗透进个体生命,成为生命的丰富营养。这些在诗歌中体现出来,可以去分析,但它们不是诗歌依托和表达的主体。应该说,不能拿"西部诗"这套东西来强行改变诗歌创作。或者说,任何文学批评都不能这样。阳飏等几个人的诗歌所指,已经超出了地域及其文化背景;放在一个更大的范围,他们亦都强有力地表现出各自的独立性,并构成了文本的多样性。

进步与落后。这是典型的非诗歌语言,但十分流行。究其根源,依据的是社会阶段进步论和达尔文的进化论。与此对应,有许多"进步与落后"的范围:农村落后,城市进步;乡土诗落后,工业诗进步;传统落后,现代进步等等;并由此波及到表达方式,从比兴、象征、隐喻等到叙事、反讽等,每一种新出现的、不同的表达方式,都优于原有的表达方式。这种种指陈,由于一般和一个地区的文学现状、整体写作水准以及文艺思潮等联系在一起,因而具有很强的隐蔽性和蛊惑性。甘肃诗歌落后吗?"落后"的原因是由于不够前卫、先锋？还是由于贫穷闭塞因而趋于保守？还是表达方式不够新颖？还是这些背后的思想对人性是一种束缚，体现出了离开艺术之后的道德上的犹疑？

相对来说，甘肃还是农耕为主。更多的诗歌写作者，聚居于一个个村庄和小镇、县城，他们的生活就在此，他们的写作也必然落脚在此，其中大多数的写作者，都写到了社会变革带来的农村生活方式的变化，以及这种变化带给人内心的巨大落差和影响，是的，那些曾经在他们心中留下美好记忆的事物渐次或突然间一夜消失，失落、痛苦是必然的；他们直面这种痛苦并表达出来，这本身就是一种现代化的反思意识。这种正在被诟病的"乡土诗"写作中，还有一种对美好事物表露出的留恋，这难道不行吗？不要说是基于童年的记忆，就是现在，于日常生活压力不断增大、人性之恶泛滥的情况下，质朴的人性，淳厚的民风，恬静的生活，难道不正表示着一种自我精神的回归？那些好的传统，比如诗歌中的人性之善、自然之美，都不应该呈现和继承？这里面，值得警惕的，是我们要确实判断，对美好事物的渴望，只是一种姿态，还是真实的；我们原本就是如此，还是由于"写作"意识太强以致具有个人表演性质。真诚和真实，依然是准则。

说到先锋、前卫，或许我们应该看看各种流派的精神实质。比如印象主义，莫奈等的点彩法，看似创新，但他们所遵循的，是视觉和感觉的真实。比如塞尚，其富有质感的画面，来源于观察的耐心（确实，在一个苹果跟前坐几小时的人很少，把一座山终其一生画了很多遍的画家也很少），也来源于他相信事物的肌理。立体主义的本质就是由于感觉到快速的变化和流逝，试图通过"打碎事物和人物显而易见的表象，提供另一种真实——记忆和幻觉的真实"（西蒙·沙玛《毕加索说·序》），是借助绘画材料的表达把许多个瞬间和瞬间的变化"连接"在一起;或是将事物的分子结构放大,表现出多个的面来。西蒙娜·薇依曾对达达主义、超现实主义发散状的思维模式提出质疑,而同样,以"呈现"为主要手段的作品,也必然面临同样的指责;实际上我们知道,这种指责和质疑,都是基于对痴迷放纵、自动写作以及"和盘端上"等行为的不满,一件事如果离开了初衷,它必然走向连他自己都无法控制也不想看到的结局。但达达主义的杜尚,引起轰动无数,却在本质上追求着一种平静和类似老庄的"无为":以工艺性的作品模仿着现实本相,或者将现实的一种精神结构外化为一种装置;而佛洛伊德的画,在看似完整的人物形体中,潜藏着一种试图接近本源的想法,是一种真实存在于人的肉欲的质感。文学和绘画上的超现实主义,也是如此,那种"幻觉的真实"是社会的,也是现实的;是集体的,也是个人的。

现代主义、后现代主义强调"简化"、"极简",对于诗歌来说,这和要求"简洁"的原则如出一辙。但事实上两者有本质的区别。对"简化"的过度要求,首先让我们面对真实的世界开始了简化,进而夸大了语言的能力。用简化了的语言对应简化了的世界,在这一过程,我们放弃了比兴、隐喻,直至丢失了诗人最重要的品质:想象力。写作就是找到内心的语言表达方式,而最初的那些方式,都来自于我们朦胧的直觉,都看似古老而实际更接近我们的"感受"。现代化,让我们的感官变得迟钝麻木。在这样的情况下,走向大自然,成为恢复我们感官魔力的必不可少的途径,或许也是最为有效的、必然的途径。而大自然,更不会简单地成为"工具",它的独立性,让我们进入它,并最终痴迷于它,与现代化之间成为一种互相对照的生活方式选择,并由于自然在现实世界的不断消失,让对自然的呼唤变得更具现实意义,且有一种普遍价值。

中国新诗不足百年,也是流派纷出,主义比蘑菇生长得还快。有些人因此挣得了名声,但这什么都代表不了。如果这个时代是三流的,那么,这种接纳意味着他存在的问题可能更多;甚至,有的问题,是颠覆性的。因而,一切的评判,为时尚早。令人欣慰的是,无论多么生猛,多么激烈,当初无论多么标新立异,现在,真正把生存和诗歌真诚对待的那些人,都静了下来,他们关注最多的,还是和自己的生命、和自己的内心息息相关的事物。他们用自己的方式,用自己的经历,找到了自己的诗歌。

如同人类通过发现基因解开了生命的基本秘密一样,写作者事实上一直在找这样的"密码"。这"密码"自身的各种特质,引导我们走向世界,与世界发生关联。密码后面的密码,就是真实。就甘肃诗歌而言,或许现代性的反思还不够,现代诗在写作中的"地位"不够显著,但真实确是一个好的开始,现代性以及现代诗的自我教育也一直在暗中进行,并取得了不菲的成绩。阳飏、人邻、古马、娜夜、阿信等人的诗歌,正是打开了一个缺口,趟出了一条具有自身特点的诗歌之路,即:持守真实,遵从天性,迷恋大自然,热爱生活,信仰生命;而这些,都在向我们展示着一种在现代社会中令人欣羡的、难得的生活方式,一种真实从容、真诚热烈、平淡有味的人生态度;再经由语言、想象力,变成了一种回归本源的诗歌文本。

⊙ 所谓奇迹就是把自己领回来的艺术

或许一切都取决于,是否相信有一个真实的世界存在。是否相信我们的世界由可知的和不可知的,由时间和空间,由肉身、自然以及看不见但能感觉到的情感、思想等构成?在这样的一个基本存在面前,我们的谈论才可能成立,而不是各说各是。唯有相信真实的存在,才有可能相信发现、命名这些精神活动。但诗歌是否领出发的人回来,需要文本提供内在的通道。

之一。从真实出发,首先打破了他们的心理和情感障碍。他们可以像他们做人一样,像对待朋友那样,自自然然地去写诗。诗歌首先成为一种自发和自为行为,不用顾忌或考虑它到底能带来什么。这或许比什么都重要,在根本上避免了他们太把自己当"诗人"看的可能性,也避免了"为赋新词强说愁"、"为文造情"的可能性。事实上,他们也的确不是职业写作者、不是职业诗人。他们在写作的时候,没有必要去考虑是在"俯视"、"仰视"还是"平视",他们只不过把生活、生存等投射到内心的情感等状态,用语言写下来,用自己的方式表达出来,借以自观,也借以和读者之间进行交流。情感和直接经验的切入,使得他们的写作具有一种天然的情感力度。自在,然后自足。

之二。自然的心态,伴随而来的是一种安静。或者说,让他们对安静的选择,少了一丝刻意,多了一份从容。安静美,沉静美,如同静穆的大自然,成为他们作品的内核。由于这种安静,和传统中的淡泊、慎独、隐忍等接近,因而具有了一种来自文化的内涵。读他们的作品,你总会感觉到那层光芒。起初,会以为是由于打磨而发出的外在光芒,而实际上,由于那些句子是从他们的体内掏出的,因而具有他们肉体和血液的温度,是他们自身的安静的光,温暖的光,人性的光,是由那些浸透了他们自身情感的文字和诗歌骨架发出的。宁静,致远。

之三。真实而安静的大自然,不仅在生活中,也在诗歌中,教会他们更加平等地对待事物。这是一种生活态度,也是一种珍贵的思想。这恰恰也是一种视角的悄然变化。置换了位置,看一看,然后再回到原来的位置,就有了进入事物内部的基础。或者说,原来那些被漠视的事物,那些低微的、细小的、轻的事物,呼啦啦一下子出现在周围,都具有自己的生命和生存需求,都在害怕着、快乐着,都在静止着、奔跑着。对事物的热爱,成为一种心灵的变化;也如克里希那穆提所言,"成为自由的开端"。平等和热爱,打碎了事物的硬壳,拆除了事物之间外在的藩篱。这导致了诗人,可以在不同的事物甚至不同的时间段穿梭而没有阻隔。他们的许多作品,细细读来,都是十分通透的。不是简单地说,他们几乎每个人都能够驾驭多种"题材",而是说,无论他们写什么,都能贯通,都能"化透"。

之四。当然,说回来,我们每个人的生活,在平静的背后,更多是一种庸常。而诗歌带给我们的,则是一种真实的新奇、新鲜。这其中,对事物的感知、认识方式显得特别重要。热爱、安静、观察角度等这样的条件既然具足,剩下的就是打开自己,不断地打开自己,让自己的心和外在的世界有"亲密的接触",那触点就有可能是一个个诗点。比兴、隐喻、象征、叙事、戏剧、反讽等,这些都成为表达的手段。由于能深入事物,不管哪种方式,都会妥帖自然。有一个基本的能力,在这群诗人的身上和作品中,都没有丢掉:想象力。各种不同事物之间,由于立足自身生活基础之上的想象而彼此有了关联,显出事物外表、结构之间的相同或相反。这种能力,以及比喻的能力,实际上就是发现、命名的能力,是诗歌这门古老艺术之所以充满魅力和被人尊崇的根本原因。

之五。他们的语言,具有自然、简洁、干净、新鲜等特质外,表现各异。"泥沙俱下"的阳飏,不仅从没放弃对"干净"的追求,甚至更为严苛;只不过,在外在的形式上,他写河流的时候写到了水里的沙子,写到了两岸;细想,正是两岸和水里的沙子,保证了河流的真实性,由此也揭示出我们的生活如同河流一般的质地;也因此,阳飏能够亦庄亦谐,语言更为生动和鲜活。人邻是把文字藏在心里不断抚摸的人,仿佛那些文字是冰块,他非要把它们包在心的棉花里化掉,露出它们的本相后,才拿出来,或温润如玉,或干裂如秋风,或闪亮如春雨,或静谧如雪,而人邻自己说,是要把"高大的黄金码在风中"。娜夜的语言,有时是温婉的,有时热烈甚至激烈,或者和其思想相通,有撕裂感,但这些又显得不动声色,只是细品,才会知道在那些感性的文字背后,有人们不已察觉或故意忽略的理性,这理性使娜夜的语言很有力度,甚或尖锐。阿信的语言是浑然天成的,外表柔弱而骨骼清晰,如同那些极富生命力的荒寒之地的草茎,经霜之后更是柔韧;隐忍本来是一种性格,在阿信这儿,成为语言的一种特质;以及阿信看似在质朴无华的语言表象下,常常令人击节叫好的陡峭、奇崛。古马的语言,散发一种肉体的气息,那是一种不断生殖的语言;词和词之间,句子和句子之间,甚至在古典诗词和现代生活之间,他的语言变魔法似地繁殖着,仿佛那些草根之上的天空和草根之下的泥土,都洒满了生命的种子。而他们五人,经过不断的"剔除"和"还原",语言明显有一个根在生长,这个语言之根深深扎入真实生活,扎入他们的生存之境,汲取着这块土壤蓄积的营养,逐渐长出各自的语言之树。

之六。渐渐地,他们从自己的声音中走出,在读者面前有了各自的表情。阳飏从我最初以为的"模糊",到现在的清晰,细细看来,有一条"个人史"作为线索,沿着这线索,阳飏的人生经历尽在其中;由于在处理的时候,阳飏做了客观化的叙写,因而那些事件、细节具有了其所在时代的显著特征;阳飏也再一次证明了,从个人以及个人的真实出发,扯出时代泥土的可能性;这和前面所述的所谓现实主义相去甚远,而个人的经验和情感代替了一种常见的判断,但给予读者的信息容量远远超出了一己之见;他在这个过程中,对历史的书写,也另辟蹊径,撇开正史的内容,而挖掘其后的"道听途说",由此在看似戏谑的表象下,将人作为了历史的核心来书写,这恰恰又是一种具有现代意识的历史观,和这个时代的生命诗学不谋而合,也是从故纸堆和历史的记忆回到了我们生活的这个现实;而大自然回馈给阳飏的,是《青海湖长短三句话》这首想象力的杰作。人邻几乎没有长诗,《写在羊皮卷的祈祷辞》实际上也是又一节节相对独立的短诗,当然,它在人邻的创作中或许是一个新的向度;如同在散文中做的那样,人邻在诗歌中也是在把一个个"物象"用语言、情感、思想的刻刀一点点雕刻出来,他不仅是在命名,而是要创造,在思维上暗合了立体主义绘画的"记忆和幻觉的真实";另一个特质是,深度的观察,敏锐的感觉,使人邻的诗在这个粗糙的时代,在这个风沙漫天的生存之地,竟然难以置信地细微,这细微体现在不止是如同昆虫透明的触角等别人忽略不计的东西,更是在事物不同的侧面,在各种情绪、情感和思想之间细小的差异;人邻也是在诗歌表象上,把社会性似乎剥除得最为彻底的一个,或者说,人邻在写作之前,来自社会的、现实的、时代的因素,早都内化在他热切关注的那些细小的事物上,他采取了后撤的办法,以在诗歌中继续保护自己的心性不受污染,体现出一种更大视野上的观照和一种更开阔的心理结构;《如今我老了》《蟋蟀》《疲倦》等短诗,在我心中堪称经典。娜夜有自己不同年龄群的拥趸,显然其诗歌的宽度在其中起了一定的作用;在看似平静的诗行推进过程中,娜夜常常蹦出一些匪夷所思的句子,加上其内在的激情,确实有其所推崇的茨维塔耶娃的风貌;而其喜欢在一首诗歌的最后,先说出结果,再在冒号后面借助前提和原因进行补充、拓展的思维方式,表明娜夜实际上总是把抬起的头颅,在情感的作用下,又不由自主地低下去,不错,祈祷是娜夜面对生命、面对芸芸众生时内心的一尊雕像;比较而言,几乎娜夜的所有诗歌,都是来自纷繁的、平常的日常生活,她是一个生活的女性,渴望爱和被爱的女性,也是思考的、写作的女性,她诗行背后的那些思想,无疑成为具有她的生存体验的一部分;且有一部分,如同那缺憾,由于她女性的直觉和命运的残酷,更具有思想上、情感上的穿透力,和包容性;而《云南的黄昏》《大于诗的事物》等诗中的美,有一种难得的纯粹,也有一种罕见的复杂。阿信很少沉入记忆抒写(在新出的两本诗集中填上了他这块写作的"空白"),而是面对着荒寒之地独有的"风景"——自然的、异域的、内心的,那主要由雪、草地、空旷的街道、风构成的风景,甚至由于年复一年少有变化而显得单调——,有一种无可回避的宿命感;这种情景,让阿信的每首诗短得不能再短,带有即兴的特点;但一首首自足的诗,物象稀松平常,但情感饱满,沉思像与生俱来一样和诗行共生,彰显出了阿信精神上内在的圆融,以及抓住"瞬间"的能力;像《小草》《墓志铭》那样许多触景生情的诗,随着时光的流逝,诗意似乎在不停地生长,会在长夜里让一个男人哭,会在风停歇的瞬间让一个女人忽然觉出自身的美,会让那些纠缠于世事的人悚然而惊,而如果愿意,你可以闻到他诗行中霜的味道、草的味道、菊花的味道、金属的味道和生存的味道;阿信是少有的,能够让人对汉语重获自信的诗人。**古马**的诗歌文本样式,从《胭脂牛角》到《大河源》,呈现多样性,或形销骨立,或血色充盈,有歌谣体,有叙事体,有长调,有短歌,不仅反差很大,而且每一次的出新都比较成功,古马的创造力由此可见一斑;与古马的创造力相媲美的,是他得益于良好记忆力的对中外优秀诗歌的借鉴、化用能力,在古马这儿,哪些诗句自有出处他心知肚明,但同时却是陌生的,具有极强的在场感;他的创作之路,是一条从地面到地下试图再到人间、天空的曲线,由开始的意象抒写,到《草原》那样光感十足的唯美,到历史、文化、现实和个人经历交融后的黑暗,到统摄于个人内心的真实,古马一步步走来,诗歌中的矛盾也正是人的矛盾,人的悖论也正是诗的和现实的悖论;他是时间的信使,如阿信所说,给我们不断带来远古的、身边的一个个生命的消息,逝去的美,与个人生存境遇的逼仄之间、与内心的黑暗之间形成一种不言自明的观照;读古马,让人凝神,也让人失神,即使在细小的事物中,也体现出了一种极强的空间感,我们感知到了,会惊呼着陷入其中,在其诗歌内部,我们会看到古马以极少的语言和事物搭建起来的诗歌建筑,精致、庄严、温馨、荒凉。

徜徉在他们诗歌中时,除了作者的声音,还能听到诗歌自身的声音。五个人中,阳飏经历的最多,但他的心最为透明。记得阳飏说过,在他人生的大部分时间,他写诗,也编诗,许多时间都和诗歌有关。他写了许多诗,诗歌也给他很多。那种知足,也正是诗人出发时的心态,不过丰富了许多。人邻的诗歌,在很长一段时间内是阴冷的,很美,但很冷;但从他喜爱的弗罗斯特作品可以看出,他最终选择了那些"日常的文字",而回避了诸如《家庭墓地》那样极其残酷的一类作品,他从诗歌中当然也从生活中,逐渐回归温暖。娜夜更是直接说:"我希望我的写作所呈现的个人立场和独立品质,真正契合了诗歌的本质。"这里面显然有一种诗歌带来的自觉,诗歌本身在对作者耳语。而阿信则表现得更为谦虚和低调,他说"诗歌确实是唯一能够让我回到自己的一种方式",近几年的作品,更无可置疑地证实了这一点。诗歌,当然也打开了古马,外在的,内在的,但如其在《旁白》中所说,他诗歌的独木舟,帮助他渡过了黑暗之河。最好的诗歌总是可解与不可解、精确与模糊、简单与复杂,它给自己留下通道,也给诗人挖掘通道。

诗歌如同飞鸟,当它进入读者和诗人自己的视域,一定会改变其方向,"在一瞬间,身形记录并传递了它们明白无误的存在,所以这些鸟儿本能地改变了方向",这是谢默斯·希尼说的。由于诗歌,诗人转向也是必然的,方向之一就是回到自己。真实给他们诗歌,他们把诗歌变成现实。借用阿信的话说,显然,他们和诗歌都已知晓:所谓的奇迹,就是把自己领回来的艺术。

好了,他们告诉我的,我不能说得更多。我只是说出了我看到的、听到的、想到的、经历的;同样,我只是说出了我尚未看到的、尚未听到的、尚未想到的、尚未经历的。我只是说出我自己,部分,和全部。

2013.9 完稿
2017.9 微改